ro
ro
ro

Zoran Drvenkar wurde 1967 in Krizevci, Kroatien, geboren und zog als Dreijähriger mit seinen Eltern nach Berlin. Seit 1989 arbeitet er als freier Schriftsteller. Für die Arbeit an seinen Romanen, Gedichten, Theaterstücken und Kurzgeschichten bekam er mehrere Literaturstipendien. 1999 erhielt er den Oldenburger Kinder- und Jugendbuchpreis für seinen Roman *Niemand so stark wie wir* (Band 20936) und den Science-Fiction-Preis der Berliner Festspiele für seine Erzählung *Die Alte Stadt*. 2000 war er mit *Traumpaar* Preisträger des Münchener Jugend-Dramatikerpreises und erhielt im Frühjahr 2001 den Würth-Literaturpreis. Sein Roman *Im Regen stehen* war für den Deutschen Jugendliteraturpreis 2001 nominiert. Außerdem bei rotfuchs erschienen: «Der Bruder» (Band 20958). Zoran Drvenkar lebt und arbeitet in Potsdam.

Zoran Drvenkar

Roman

Im Regen stehen

Rowohlt Taschenbuch Verlag

Mein Dank geht an
Gregor & Wolfram
Cally & Esther
Paul Maar & John Fante.

Ich danke Renate
von der ehemaligen
Berliner Künstlerförderung,
der Berliner Senatsverwaltung,
der Stiftung Preußische Seehandlung
und der Akademie der Künste
für die Aufenthaltsstipendien
im Günter-Grass-Haus.

Mein letzter Dank geht an alle,
die in den letzten zehn Jahren
an meine Arbeit geglaubt haben
und unermüdlich
zu den Lesungen kamen.

Lehrermaterialien zu diesem Buch finden Sie unter
www.rowohlt.de/downloads/lehrer.
Sie können als kostenloser Download heruntergeladen werden.

4. Auflage Februar 2007

Originalausgabe
Veröffentlicht im Rowohlt Taschenbuch Verlag GmbH,
Reinbek bei Hamburg, März 2000

Lektorat Ralf Schweikart
Umschlagillustration Martin Block @ Marc Schilkowski
Umschlaggestaltung Barbara Hanke
Satz Aldus PostScript (PageOne)
Gesamtherstellung Clausen & Bosse, Leck
Printed in Germany
ISBN 978 3 499 20993 4

Für die Jungs und Mädchen,
wo auch immer sie jetzt sind.

Billiger Spaß

Früher legten wir oft
Pfennige
auf die Schienen

Gregor Tessnow

*

You can't know
where you're going
until you figure out
where you've been

Robert R. McCammon

Erster Teil

Er lebt doch / Klassenbester / Kinder der Siebziger / Daneben gepinkelt / Keine Lichter in den Fenstern / Silvester Nummer 10 / Der König der Diebe / Die Ahnungslosen / Spontan vorbeischauen / Morgenschicht

Er lebt doch / Klassenbester / Kinder der Siebziger / Daneben gepinkelt / Keine Lichter in den Fenstern / Silvester Nummer 10 / Der König der Diebe / Die Ahnungslosen / Spontan vorbeischauen / Morgenschicht

Ich war fünf Jahre alt und fühlte mich wie Gott.
Das war im Frühjahr 1973.
Meine Eltern fanden eine Wohnung im Wedding. Ein Zimmer, eine Küche und ein winziges Bad. Meine Schwester schlief mit mir im Flur, hinter einem braunen Vorhang auf einem Etagenbett. Es waren unsere ersten Monate in Berlin. Tage verwischt wie Farben unter Wasser, hell und dunkel zugleich, schnelle Tage, hetzende Tage. Tage voller Namen und fremder Hände.
Ich kann mich nicht erinnern, dass ich Sehnsucht nach Jugoslawien hatte. Ich weiß nicht, ob ich trotzig, wütend, traurig oder entschlossen war. Ich wurde von einem Ort an den anderen gebracht und hatte damit keine Probleme. Niemand von uns sprach von zu Hause. Wir waren jetzt hier, hier war zu Hause.

An einem dieser Tage saß ich auf dem Teppichboden und verschob ein Puzzle. Im Puzzle fehlten einige Teile. Das machte mir aber nichts aus, denn es war eindeutig, was zum Schluss herauskommen sollte. Ein Tiger in der Steppe.
Meine Mutter zog meine Schwester an. Susa war zwei Jahre jünger als ich und mein größter Feind. Sie sollte mit meiner Mutter zu einer Verwandten fahren, und ich durfte nicht mit,

Mädchengeburtstag. Die Verwandte war eine Cousine meiner Mutter, auch aus Jugoslawien ausgewandert und mit die einzige Verbindung, die wir in Berlin hatten.
Meine Mutter war ungeduldig.
Meine Schwester war ungeduldig.
Mir war alles egal.
Sie warteten auf meinen Vater, denn mich allein lassen, das wollte meine Mutter auf keinen Fall.
Und Vater kam nicht.
«*Slusaj*», sagte meine Mutter auf Serbokroatisch, «hör zu.» *Hör zu* auf Deutsch hätte ich als Fünfjähriger kein Stück begriffen.
«Wir müssen jetzt los. Papa wird gleich kommen. Mach keinen Unsinn, hörst du? Spiel hier weiter. Wenn du Hunger hast, da liegt noch Huhn im Backofen. Mach ja keinen Unsinn, hast du verstanden?»
Ich versprach ihr alles, was sie hören wollte, und die beiden ließen mich allein.

Zwei Minuten später suchte ich im Kühlschrank vergeblich nach Pudding. Dann nahm ich die Speisekammer in Angriff. Chancenlos. Nudeln, Reis, eingelegte Paprika und getrocknete Bohnen. Eine Weile leckte ich Zucker von einer Untertasse, aber das brachte es nicht. Schließlich fiel mir der Hustensaft ein. Hustensaft zählte zu meinen Favoriten. Ich marschierte in das winzige Klo, kletterte auf das Waschbecken und öffnete den Spiegelschrank darüber.
Der Hustensaft war fast leer.
Auf dem Klo sitzend, trank ich den Rest ohne einmal abzusetzen aus und stellte die leere Flasche zurück. Das war der Moment, in dem mir der Schuhkarton auf dem Spiegel zum ersten Mal auffiel.

Unerreichbar, aber das hieß nichts.
Ich holte mir den Besen aus der Küche und kickte den Schuhkarton runter. Ein Regen von Packungen und Papierblättchen ergoss sich über den Linoleumboden. Ich kramte alles zusammen. Da waren Bonbons in Unmengen. Ich sah sie mir an. Die gelben gefielen mir am besten. Ich probierte einen. Zuckersüß und mit Orangengeschmack. Ich nahm einen grünen und spuckte ihn sofort aus. Bei den anderen gelben und den blauen hatte ich wieder Glück, die weißen waren scharf und die schwarzen hatten etwas Lakritzeartiges an sich, und Lakritze war widerlich.
Ich nahm den Schuhkarton mit zu meinem Puzzle und fing an, Bonbons zu lutschen. Das machte Spaß, weil ich jeden Bonbon erst aus einer Folie rausdrücken musste, bevor ich ihn mir in den Mund ploppen konnte. Das einzige Dumme war, dass die Bonbons nach einer Weile lutschen bitter wurden, also schluckte ich sie runter. Ausspucken kam nicht in Frage, dafür war ich viel zu geizig.
Das öde Puzzle ging mir bald auf die Nerven, und ich hörte eine Weile Radio, doch sehr schnell erschienen mir die Stimmen hart und schrill, also machte ich das Radio wieder aus.
Mir kam die Filmkamera in den Kopf.
Das Goldstück meines Vaters.
Absolutes Tabu.
Ich durchkramte den Kleiderschrank und fand sie in einer Ledertasche. Ich entfernte die Schutzkappe und sah hindurch, wie ich es bei meinem Vater beobachtet hatte. Dann drückte ich auf den roten Knopf und die Kamera fing an zu surren. Ich seufzte, denn das klang schön.
Ich ging ans Fenster, schob die Gardine beiseite und beobachtete die Bäume und den Hinterhof. Eine Frau in einem geblümten Kleid brachte eine Mülltüte zu den Tonnen. Ich beob-

achtete auch die Dämmerung, mein idiotisches Puzzle, die Kaffeemaschine, die Sportzeitung; ich beobachtete meine Füße, mein Spiegelbild, machte eine Pause, um mir noch ein paar Bonbons in den Mund zu schieben, beobachtete die Dunkelheit unter dem Bett, die Zimmerdecke und legte mich dann platt auf den Boden, wo mich mein Vater fand, die Kamera noch immer in der Hand, surrend wie ein witziges Insekt.
Er versuchte mich zu wecken. Das war dumm, denn ich schlief ja nicht. Ich hörte ihn, und ich sah ihn durch den Schlitz meiner Augen, aber mein Körper war gelähmt. Ich dachte an Großmutter Miriam, die immer von Gott erzählt hatte, bevor wir schlafen gingen, und dass Gott oben auf seinem Thron saß, ohne sich zu bewegen, und dass er von da oben den Menschen seine Gunst erwies, indem er hier und da Glück und Segen oder Fluch und Verdammnis vorbeischickte. Großmutter Miriam hatte erklärt, das würde Gott mit dem Heben seines kleinen Fingers machen.
Genau das tat ich.
Ich hob meinen kleinen Finger und wünschte meinem Vater alles Gute. Er bemerkte es nicht. Er hatte noch nie mit Gott zu tun gehabt. Aber es war getan. Ich hatte ihm meine Gunst erwiesen.

Im Krankenhaus pumpten sie mir den Magen leer. Ich bekam es nur durch halb geöffnete Augen mit – das grelle Licht, das schlürfende Geräusch einer Maschine, die beruhigenden Worte meines Vaters, der zu meiner Mutter sprach. Irgendwann schloss ich erschöpft die Augen und öffnete sie erst wieder, als alles vorüber war. Mit der gleichen Leichtigkeit, mit der wir von Jugoslawien nach Deutschland zogen, landete ich im Krankenhaus und lag einen Tag später wieder im Flur hinter dem braunen Vorhang. Meine Mutter weinte vor Erleich-

terung. Ich konnte sie im Wohnzimmer mit meinem Vater reden hören. Sie jammerte und sagte, wir hätten *nie* nach Berlin kommen sollen. *Nikad.* Und mein Vater antwortete:
«Er lebt doch. So was kann passieren. Er war einfach ein wenig breit von den Tabletten. Das war alles. Und jetzt hab dich nicht so.»
Ich wusste nicht, was er damit meinte. Ich sah alles andere als breit aus, ich war dürr und knochig. Was es auch hieß, es musste etwas sehr Trauriges sein, denn meine Mutter weinte noch lauter und mein Vater seufzte dazu entnervt. In dem Moment lugte Susa vom oberen Bett auf mich herunter und sagte:
«Siehst du, was du getan hast, *siehst du?!*»
Ich lag auf dem Rücken, regungslos und mit großen Augen. Das Einzige, was ich in diesem Moment tun konnte, war meinen kleinen Finger heben. Fluch und Verdammnis schwemmten über meine Schwester.

Er lebt doch / Klassenbester / Kinder der Siebziger / Daneben gepinkelt / Keine Lichter in den Fenstern / Silvester Nummer 10 / Der König der Diebe / Die Ahnungslosen / Spontan vorbeischauen / Morgenschicht

Drei Jahre blieben wir im Wedding. Das war genau die richtige Menge an Zeit, um Freunde zu finden, die Straßen kennen zu lernen, sich so richtig zu Hause zu fühlen und Gefallen am neuen Leben zu haben – dann zogen wir weiter.

In diesen drei Jahren war ich Klassenbester.

Meine Eltern wollten etwas Anständiges aus mir machen. Aber weil sie keine Erfahrung mit Erziehung hatten und ich das älteste Kind war, setzten sie auf mich, wie man auf einen prämierten Gaul setzt, der einfach nicht verlieren kann.

Nach der Schule ging ich in den Hort, wo ich auch meine Schwester traf. Am späten Nachmittag wurden wir von meiner Mutter abgeholt. Und während Susa sich mit Malbüchern beschäftigte, durfte ich Seiten mit geschwungenen Buchstaben füllen und mich abfragen lassen. Tagein, tagaus ging es um Mathematik, Lesen und Rechtschreibung. Es war unglaublich, was man in den ersten Schuljahren lernen konnte. Was es auch gab, ich lernte es. Da waren Tage, an denen ich heulte, weil ich vor Anstrengung nicht mehr denken konnte; da waren auch Tage, an denen mich meine Eltern trösteten und sagten, es wäre nur zu meinem Besten. Und ich glaubte es. Ich glaubte, es sei richtig, obwohl in mir eine geheime Wut kochte. Ich wollte andere Dinge tun, ich wollte Freunde sehen, mit Autos spielen, aber meine Eltern blieben hart. Sie zogen es die ganzen drei Jahre durch, und ich sahnte dafür die besten Noten ab. Einmal kam ich mit einer 2+ nach Hause und brach in Tränen aus, weil ich noch nie eine 2 bekommen hatte. Mein Vater erklärte, das wäre nicht so schlimm, und beim nächsten Mal würden wir daraus eine 1 machen.

Die Freunde, die ich bis zur zweiten Klasse hatte, sind schemenhafte Geistererscheinungen, denen die Gesichter fehlen. Da sind Namen wie Bernd und Markus und Uli. Da ist ein Name, der mir nicht einfällt, nur das verwaschene Gesicht dazu, das Gesicht eines Jungen, mit dem ich in den Pausen eine Bande anführte.

Mehr habe ich von dieser Zeit nicht behalten.

Das Etagenbett hinter dem braunen Vorhang, Schule, Freunde, der Rang als Klassenbester und meine Göttlichkeit – alles zerfiel zu nichts, als die Wohnungstür sich ein letztes Mal hinter uns schloss und wir in den gelben VW-Käfer stiegen, um uns auf die Suche nach einem neuen Zuhause zu machen.

Er lebt doch / Klassenbester / **Kinder der Siebziger** / Daneben gepinkelt / Keine Lichter in den Fenstern / Silvester Nummer 10 / Der König der Diebe / Die Ahnungslosen / Spontan vorbeischauen / Morgenschicht

Wir waren Kinder der Siebziger. Schulterlanges Haar, Hosen mit Schlag und zu enge T-Shirts. Kaugummi mit Tattoo, Dolomiti-Eis, die Kung-Fu-Serie im Fernsehen, breite Fußgängerwege, auf denen keine Autos parken durften, dazu die Kunst des Ausspuckens, Boney M und Abba.
Wir waren nicht die 70er Generation.
Wir würden erst in den 80ern zum Zug kommen, die 90er wegblasen und im neuen Jahrtausend das Sagen haben.
Das waren wir.
Und das war ich, wie ich, gerade neun geworden, vor dem Hauseingang unserer neuen Wohnung herumlungerte. Noch immer dürr und noch immer schmächtig, mit einem unpassenden Seitenscheitel und kurzen Hosen. Ich wusste jetzt zwar, wie man *Hör zu* und tausend andere Dinge auf Deutsch sagte, obwohl wir in der Wohnung unermüdlich Serbokroatisch sprachen. Doch dieses Wissen half mir nichts, ich hätte nicht einmal mit einer Wagenladung von Worten erklären können, was es hieß, in diesem oder jenem Jahrzehnt aufzuwachsen.
Ich hätte genauso gut im 12. Jahrhundert herumspazieren können.

Wir zogen in die Philippistraße Nummer 8. Die Wohnung war nur einen Steinwurf von der Autobahn entfernt, Zentrum Charlottenburg. Ob Sommer oder Winter, Tag oder Nacht, das Rauschen der Autobahn klang pausenlos in den Hinterhof herein und kroch die Wände zum vierten Stock herauf, wo es sich an die Fenster des Zimmers presste, das ich mir mit meiner Schwester teilte. Und wann immer ich die Augen schloss, erinnerte mich das Rauschen an ein entferntes, müde klingendes Meer.

Meine Schwester und ich spielten an diesem ersten Tag Ball. Wir hatten nichts Besseres zu tun. Die Wohnung war uns fremd und erschien riesig gegenüber der alten – es gab ein Zimmer mehr, unser Zimmer. Anfangs schliefen wir noch auf dem Boden, zwei Matratzen, Kartons, Wäschesäcke und Koffer. Töpfe in der einen, Spielsachen in der anderen Ecke, die Kochplatte unter dem Fenster. Wir waren neu, und die Straße, jeder Baum, jeder Schatten und jedes Auto waren Fremde, die sich nicht näherten, Distanz hielten. Den ersten Schritt mussten scheinbar wir machen. Und wahrscheinlich wäre genau das geschehen, wenn an diesem Tag nicht Adrian und seine Schwester Corinne über uns gestolpert wären.

Adrian war drei Jahre älter als ich. Größer, stärker, gerissener und natürlich gemeiner. Das ganz besonders. Er lebte mit seiner Familie im Vorderhaus, wir im Hinterhaus, er im ersten, wir im vierten Stock. Wir in zwei Zimmern, er mit Schwester, Vater und Mutter in vier Zimmern. Wir hatten keinen Hund, er besaß einen Boxer namens Tobi.
Und seine Schwester wurde die beste Freundin meiner Schwester.
Und er bekam mich ab.

Adrian hatte blondes Haar, wässrig blaue Augen und die Gesichtsform eines Wiesels. Seine Eltern mochten mich. Mutter Molovski war die typische Mutterfigur, dick und kräftig, mit einem Lachen, das Laub herunterschüttelte. Vater Molovski war mager und schlaksig. Er arbeitete als Gärtner, rauchte Zigarillos und verteilte gute Ratschläge. Adrians Bruder hieß Pauli und war zwanzig. Er hatte dieselbe magere Figur wie sein Vater und lebte in einem winzigen Zimmer im Erdgeschoss, direkt neben den Mülltonnen. Wenn wir im Sommer auf dem Hof Tischtennis spielten, standen die Adern an Paulis Armen hervor wie dicke Schnüre. Immer, wenn ich ihn im T-Shirt sah, hatte ich die üble Vision, seine Adern könnten jeden Moment platzen und alle um ihn herum mit Blut bespritzen. Mich eingeschlossen.
Und dann gab es da Corinne.
Natürlich habe ich sie geküsst, die ersten Kussspiele und so.
Das war Corinne. Wir nannten sie nie Corinne.
Für uns war sie Cori.
Cori und Adrian.

An diesem Tag warf meine Schwester den Ball, ich fing ihn und warf zurück, sie fing ihn und so weiter. In der kommenden Woche sollten wir in die neue Schule kommen, wir hatten beide Angst davor, Susa mehr als ich, weil es ihre Einschulung sein sollte.
«Mach dir keine Sorgen», hatte ich ihr erklärt, «ich bin in der Nähe. Falls was ist, kannst du mich immer holen.»
«Versprochen?»
«Natürlich versprochen.»
Die Sympathien für meine kleine Schwester schwankten. Es war ein ständiges Hin und Her von Ablehnung und Zuneigung. Neu und unter Fremden empfand ich natürlich Zu-

neigung, denn ganz allein dastehen wollte ich ja nun auch nicht.
Ich bemerkte Adrian und Cori eine Weile lang überhaupt nicht, sie standen in meinem Rücken und schauten uns zu. Susa wurde nervös, so bekam ich es mit.
«Na, wirf schon.»
Keine Antwort, der Ball blieb in ihren Händen. Sie sah über meine Schulter hinweg. Ich folgte ihrem Blick. Cori und Adrian grinsten.
«Ihr seid neu hier, ne?»
«Ja, wir sind neu hier», sagte ich.
«Das ist meine Schwester Cori, ich bin Adrian.»
«Hallo», sagte ich.
«Hallo», sagte Cori.
Meine Schwester schwieg.
«Und ihr?», fragte Adrian.
«Wir?»
Es entstand ein langer Moment, in dem rein gar nichts geschah. Ich wusste nicht, was er mit *Und ihr?* meinte. Spielte er darauf an, dass wir aus Jugoslawien kamen, oder was? Wollte er wissen, warum wir uns den Ball zuwarfen? Ich kam nicht auf die Idee, dass er nach unseren Namen fragte.
«Ja, ihr?», wiederholte Adrian.
«Wir sind neu hier», sagte meine Schwester.

Ihr Hund war ein Boxer namens Tobi. Er war hässlich wie die Nacht, hatte ein samtbraunes Fell und eine Schnauze, die irgendwann mal ein Zug geküsst hatte. Um acht Uhr abends drehte Adrian eine Runde mit Tobi, einmal um den Block. Das Problem dabei war, dass Tobi oftmals nicht im Entferntesten daran dachte, seinen Schiss abzulegen. Und ohne Schiss durfte ihn Adrian nicht abliefern.

«Tobi, mach schon, komm.»
Nee, Tobi dachte nicht daran. Er schnüffelte an einem Laternenpfahl, hob das Bein und pinkelte. Wir sahen verzweifelt in die Wolken. In einer knappen Viertelstunde begann ein Krimi, den wir nicht verpassen wollten. Ich als Freund blieb natürlich an Adrians Seite.
«Was, wenn du es nicht sagst?»
«Das merkt mein Alter.»
«Wie? Wie merkt er das?»
«Tobi wird um Mitternacht herum unruhig, daran.»
Ich sah Tobi mitleidig an.
«Muss schon schrecklich sein, so als Hund. Stell dir vor, jeden Tag um die gleiche Zeit kacken zu müssen.»
«Könnte ich nicht.»
«Ich auch nicht.»
Wir drehten unsere vierte Runde.
Es war Herbst. Mein erster Herbst in dieser Straße und ich hatte einen Freund. Ich fand, es ließ sich hier leben. Die Schule war merkwürdig, rau und laut, und Klassenbester war ich auch nicht mehr. Meine Eltern hatten ihren erzieherischen Elan verloren. Alles, was sie sagten, war: «Du wirst schon sehen, wo das hinführt, wenn man faul ist.»
Zum Glück mussten wir nach der Schule nicht mehr in den Hort. Der Wohnungsschlüssel hing an einem Schnürsenkel um meinen Hals. Wenn ich mittags vor meiner Schwester nach Hause kam, atmete ich beim Öffnen der Wohnungstür vor Erleichterung laut aus, denn ich war allein, wirklich allein. Die gesamte Wohnung gehörte mir, und ich konnte tun und lassen, was ich wollte. Meine Eltern arbeiteten bis fünf. Vater als Autolackierer, Mutter als Monteurin. Arbeit, Arbeit, Arbeit. Tag für Tag, außer am Wochenende. Also kein Wunder, dass ihnen der Elan flöten ging.

«Scht!»
Wir bewegten uns nicht. Tobi drehte sich im Kreis. Adrian hatte den Zeigefinger an seinen Lippen. Jetzt konnten um uns herum Sternschnuppen und Kometen herunterstürzen, wir würden Tobi nicht mit einem einzigen Mucks nervös machen. Lautlos und mit offenen Mündern beteten wir, sahen Tobi kreisen und schnüffeln, dann hockte er sich hin und fing an zu pressen.
Genau da riss ihn ein Pfiff aus seiner Konzentration.
Wir drehten uns um und schauten einem Fahrrad entgegen. Was wir sahen, war ein Japaner oder Chinese, ich hatte da noch nie so den Durchblick. Der Junge pfiff erneut und wackelte auf seinem Rad herum, als ob er ein Pferd reiten würde. Seine Zähne kamen zum Vorschein – weiße, ebene Hauer. Er grinste und war sich anscheinend der ernsten Lage überhaupt nicht bewusst.
Ich schätzte ihn jünger als mich, und der Art nach, mit der er an uns vorbeifuhr und den Blick nicht von Tobi nahm, hatte er womöglich in seinem ganzen Leben noch keinen Boxer gesehen. Das Fahrrad verschwand um die Ecke, wir rührten uns nicht, Statuen mit steifen Hälsen und Glupschaugen, bis Tobi furzte und wir eine weitere Runde drehten.

Wir hatten den Käuzchenruf: Hände zu einem Hohlraum zusammengelegt und dann wurde in den kleinen Schlitz zwischen den Daumen geblasen. *Huh*UUUUU. *Huh*UUUUU. Dadurch sparten wir Telefongeld. Wenn was anstand, meldete sich Adrian vom Hof aus, und ich sprang ans Fenster.
«WAS?!»
«KOMMST DU RUNTER?»
«WAS DENN?!»
«IN DEN PARK.»

«AH.»
Der Park war ein Traum mit einem künstlich angelegten See in der Mitte. Drum herum erstreckten sich Schotterwege und große Wiesen, ein Spielplatz mit steinernen Tischtennisplatten, dichtes Gebüsch und das Grabmal für Kriegsgefallene, das für uns die ideale Festung abgab. Dort sammelten sich die Jungs und Mädchen aus der Nachbarschaft, und wir wurden eine berüchtigte Clique, die die Straßen unsicher machte, aus den Büschen sprang wie eine Horde wilder Affen und dabei vorgab, von den Musketieren abzustammen. Wir waren Ritter und Superhelden, Spione und Mörder, Romantiker und Prinzen. Wir befreiten unsere Mädchen aus den Armen von Frankenstein & Co, erschlugen Drachen und tranken durstig ihr Blut; wir schossen mit Lasern auf Godzilla und verteilten Bannsprüche wie Blumen.
Alles war möglich.
Aber in diesem ersten Herbst gab es in unserer Clique erst mal nur zwei Helden, und das waren Adrian und ich. Wir konnten ja nicht wissen, was bald auf uns zukam. Wir wussten nichts von den Mädchen, den Freunden und der Angst, die uns erwartete. Wir waren so ahnungslos, dass wir glaubten, ewig befreundet zu bleiben.

«Siehst du den Stern da oben?»
Ich sah Hunderte von Sternen und wusste nicht, welchen er meinte.
«Den da?», fragte ich und deutete mit dem Finger in die Nacht.
«Nein, nein», murrte Adrian, «der daneben.»
«Ah, der.»
Wir lagen auf der Wiese am Wasser, über uns die Abenddämmerung, unter uns nasses Gras. Der Lietzensee gluckste. Es

war Zeit, nach Hause zu gehen. Wir froren, und der Park wurde mit jeder Minute ungemütlicher, die Schatten länger und schärfer, als ob sie sich aus dem Alptraum eines Verrückten hervorschälen würden.

«Unheimlich, was?», sagte ich.

«Mach dir nur nicht in die Hose», sagte Adrian.

Wir hatten Tischtennis gespielt, uns in die Schlange von Leuten eingereiht, die wie besessen um den Tisch herumrannte, um einmal den Ball zu schlagen. In Chinesisch hatte ich was drauf, meine angeschnittenen Bälle waren der Fluch jeder Kelle. Ich schnitt aber nie an, wenn Adrian mir gegenüberstand. Das hatten wir ausgemacht. Er dagegen schmetterte bei mir nur im Notfall. Wir waren ein Team und blieben im Spiel, bis es zu dunkel war, um den Ball zu erkennen.

«Komm, ich spendier ein Eis», lud Adrian mich danach ein.

Obwohl das mehr als eine Stunde her war, blühte in meinem Mund noch immer der Geschmack von Zitronen.

«Wollen wir zurück?»

Mir war nicht danach. Außerdem war es egal, wann ich an diesem Abend nach Hause kam, Ärger würde es garantiert geben. Es war nach neun, um acht hatten mich meine Eltern erwartet.

«Okay», sagte ich.

Wir trennten uns im Vorderhaus, Adrian pfiff und winkte noch kurz aus dem Flurfenster. Ich winkte zurück, durchquerte den Hinterhof und schlurfte die Treppe hoch, zählte die vierundachtzig Stufen und fingerte an meinem Schlüssel herum.

Mein Magen rumorte. Seit dem Frühstück war außer Eis nichts in ihm gelandet. Ausgerechnet an solch einem Tag musste ich zu spät kommen.

Ich schloss die Tür leise auf, drückte sie lautlos hinter mir zu und zog mir die Schuhe aus.
Keiner in der Küche. Im Wohnzimmer lief der Fernseher. Ich zögerte, dann lugte ich rein. Da saßen sie.
«Hallo.»
«Weißt du, wie spät es ist?», fragte meine Mutter.
Ich sah erstaunt auf die Uhr über der Bar.
«Himmel! Was?!», rief ich.
«Du bist mehr als eine Stunde zu spät», sagte mein Vater und stellte den Ton am Fernseher leiser.
«Ich wusste nicht, dass es schon so spät ist.»
«Wo warst du?»
«Am Lietzensee.»
«Um diese Zeit?»
Ich nickte.
«Morgen kommst du nicht aus dem Haus. Haben wir uns verstanden?»
«Nein», sagte ich.
«Du kannst mich mal!», rief ich.
«Ich gehe raus, wann ich will!», knurrte ich und sagte halblaut: «In Ordnung.»
Vater stellte den Ton lauter, Mutters und seine Blicke gingen durch mich hindurch. Ich setzte mich ausgehungert und geschlagen in die Küche und war bereit, mich morgen Abend aus der Affäre zu ziehen. Hier ein wenig betteln, da ein wenig maulen, vielleicht hatte ich ja Glück.
Ich hatte Pech.

Der Käuzchenruf kam am nächsten Tag kurz nach sechs. Adrian rief zu mir hoch, er bräuchte um acht nicht mit dem Hund zu gehen, seine Eltern wären zum Garten rausgefahren und hätten Tobi mitgenommen.

«WAS STEHT AN?», wollte ich wissen.

«KELLER!»

Ich bekam feuchte Augen, und meine Mutter sagte nein.

Keller hieß, dass wir uns in einen der ausgeräumten Kellerräume vom Vorderhaus setzten. Der Keller selbst war ein dreckiger Platz voller Spinnweben, modrigem Holz und Kohlenstaub, der bei jeder Bewegung aufstieg wie Wasserdampf. Der eine Kellerraum war seit langem verlassen, irgendwann war ein Wasserrohr geplatzt. Die Mieter bekamen einen neuen Raum zugewiesen und verließen den alten. Es war ein übles Loch, doch wenn wir Kerzen anzündeten und das alte Radio von Adrians Vater auf einen Musiksender einstellten, verwandelte sich der Platz in etwas Vorzeitliches. Wir waren Rebellen, die sich vor den Feinden versteckten. Alle dachten, wir wären tot, aber nein, wir saßen in diesem Keller und pflegten unsere Wunden. Vom Sperrmüll hatten wir eine Matratze abgeschleppt, ein kaputtes Schloss diente als provisorische Sicherheit, sodass keiner auf die Idee kam, der Kellerraum wäre leer und frei.

Niemand wusste davon, nicht meine Schwester, nicht Cori. Der Keller war unser Ding. Comics lagen in Obstkisten herum, da gab es eine Schachtel mit einer Notration, Streichhölzern und Kerzen.

Obwohl ich wusste, dass Adrian den Keller nie allein aufsuchen würde, schmerzte mich die Tatsache, dass er konnte, wenn er wollte, so sehr, dass ich wütend auf ihn wurde.

Scheißfreund, sagte ich mir, weil er Möglichkeiten hatte, die mir verschlossen blieben.

Ich las am Abend Daniel Defoes *Robinson Crusoe* zum wahrscheinlich achten oder neunten Mal, heulte eine Weile in die Kissen und trank die ganze Milch leer. Zwei Liter. Das war

meine Rache, die mir einen Fluch von meiner Mutter und ein Grinsen von meiner Schwester einbrachte.
«Das hast du absichtlich gemacht», sagte sie.
«Nein, ich hatte Durst.»
«Mama wollte Eierkuchen backen.»
«Das wusste ich nicht.»
«Das wusstest du.»
«Das wusste ich nicht!»
«Lügner.»
Ich schloss sanft die Tür zu unserem Zimmer und stürzte mich auf sie. Ich war ein gemeiner Hund, deswegen wurde es ein kurzer Kampf. Ich verpasste ihre eine auf den Hinterkopf, während sie mit den Beinen ausschlug, mich verfehlte und anfing zu plärren:
«DU PENNER!»
Ich grinste und hopste auf mein Bett.
Die Tür ging auf.
Mutter.
«Werdet ihr euch beruhigen, oder muss ich euch erst zur Ruhe bringen?»
Susa versuchte eine Anklage aufzubauen, als das Telefon klingelte.
Die Rettung.
Es war Vater.
Er sagte, er hätte nicht vor, nach Hause zu kommen.

Wir lauschten Kopf an Kopf von der halb offenen Tür aus, wie Mutter alles wiederholte, was Vater zu sagen hatte:
«Du kommst heute Abend nicht?»
«Du weiß nicht, wann du wiederkommst?»
«Du rufst wieder an?»
«Es tut dir Leid?»

So erfuhren Susa und ich, dass Vater mit einer anderen Frau zusammen war.

Mutter blieb den nächsten Tag zu Hause. Beim Frühstück lag sie im Bett, und ich musste Tee machen und Schulbrote schmieren.
«Das ess ich nicht.»
«Was ist daran schlecht?»
Susa zog eine Schnute und schob das Päckchen weg.
«Was ist daran schlecht, du Zicke?»
«Ich mag keine Butter.»
«Das ist keine Butter, das ist Margarine.»
«Ich mag auch keine Margarine.»
«Du bist blöde, das sagst du nur so. Du weißt nicht mal, *was* genau es ist.»
«Doch.»
Sie schob wieder, und das Päckchen mit den belegten Broten fiel mit einem dumpfen Laut auf den Boden. Ich hob es auf. Mortadella auf Toast.
Ich begriff nicht, warum sie das nicht mochte, und schob mir die Brote in die Schulmappe.
«Willst du was anderes?»
«Wo ist Papa?»
Damit konnte ich nicht dienen. Ich griff mir hastig meine Jacke und machte mich auf den Weg zur Schule – zwanzig Minuten zu früh.
Der Unterricht verging zu schnell. Stunden flogen dahin, und ehe ich einen klaren Gedanken fassen konnte, war ich wieder draußen und auf dem Weg in die Philippistraße. Ich wollte nicht nach Hause. Ich wollte mein Zelt auf der Straße aufschlagen, wo keine Mütter weinten und keine Väter weggingen. So strandete ich im Park, saß dort von eins bis drei allein

herum und heulte vor mich hin. Mir stellte sich immer wieder dieselbe Frage: Wo würde mein Vater in den nächsten Nächten schlafen?

Der Hunger trieb mich zurück.

Mutter lag noch immer im Bett, die Gardinen waren eng zugezogen, kein Lichtstrahl durfte reinkommen. Da ich nur durch das Wohnzimmer in unser Kinderzimmer konnte, musste ich unweigerlich an ihr vorbei.

«Hallo», sagte ich leise.

«Zoki!», rief sie und winkte mich zu sich heran.

Ich stellte mich ans Bett, unsicher, sie griff sich meine Hände und zog mich näher, sodass ich ihren Atem riechen konnte. Ihre Augen waren dunkel, und ohne ihre Schminke sah sie alt aus, auch wenn ich wusste, dass sie nicht *so* alt war. Es war Trauer. Trauer macht Menschen alt.

«Schau nicht so», sagte sie und berührte mein Haar, strich es zurück. «Wie war's in der Schule?»

Sie fragte sonst nie, wie es in der Schule war, weil sie wusste, dass es keine weltbewegenden Veränderungen gab. Einmal hatte sie erklärt, wenn es nach ihr ginge, dann bräuchten wir da nicht hingehen. Mein Vater war anderer Meinung. Und der Staat erst recht. Also ging ich hin, im Kopf immer die Worte meiner Mutter: «Jeder Tag in der Schule ist gleich, was will man da schon erzählen.»

Genau das antwortete ich ihr.

«Jeder Tag ist gleich, was soll ich da schon erzählen.»

Sie sah mich merkwürdig an, so als ob ich mir das eben ausgedacht hätte.

«Das ist von dir», sagte ich.

«Was?»

«Das ist von dir», wiederholte ich mit Tränen in der Stimme.

«Ach …»

Ich wollte sie wieder zu meiner Mutter machen. Ich wollte meine richtige Mutter im Bett sehen, wie sie dalag, wenn sie krank war oder müde oder was auch immer. Was ich nicht wollte, das war meine Mutter, wie sie in dem Moment aussah: geschafft von einem Gefühl, das ich nicht kannte und nicht kennen lernen wollte; verlassen von einer Liebe, die ich noch nicht erlebt hatte. Ich wollte sie mit der Erinnerung an ihre eigenen Worte wieder zu dem machen, was sie war – einfach meine Mutter.

Aber sie lächelte nicht, und als meine Tränen kamen, drückte sie meinen Kopf zu sich herunter. Ich kippte über sie. Meine war eine schlaksige Umarmung, ihre war warm, und ich erkannte sie darin wieder und wollte fragen, ob jetzt alles wieder okay wäre, ob sie jetzt aufstehen könnte, um mir Essen zu machen, um mit mir in der Küche rumzusitzen, Kaffeetasse in der einen, Zigarette in der anderen Hand, oder ob sie nicht einfach Lust hätte, in der Wohnung rumzulaufen, damit ihre Schritte zu hören waren.

So weit kam es nicht, weil in dem Moment die Wohnungstür aufgeschlossen wurde und Schritte sich durch den Flur dem Wohnzimmer näherten.

Wir erstarrten. Ich auf Mutter, fest in ihren Armen, lauschten wir atemlos den Schritten. Heimlichen Geliebten gleich, die erwischt wurden und nicht wussten, wo sie sich verstecken sollten.

«Hallo? Jemand zu Hause?»

Vater sah ins Wohnzimmer. Mutter versteifte sich unter mir, aus Fleisch wurde Holz, dann Stein. Ich ließ sie los.

«Geh mal in dein Zimmer», sagte Vater.

Ich wollte fragen, warum, und ich wollte fragen, was er hier tat, wo er gewesen war und wie er nur auf die Idee kommen

konnte, uns einfach so zu verlassen. Aber ich ging brav in mein Zimmer, Schmerzen am ganzen Körper und blinde Wut in den Augen. Ich schloss die Tür hinter mir und drückte das Ohr ans Holz.
Die Tür ging auf.
«Nicht diesmal», sagte Vater.
Ich verkroch mich ins Bett, stülpte Kissen und Decke über meinen Kopf und schlief vor Angst sofort ein.

Die Tage wurden Tage ohne Fragen. Fragen waren verboten.
Ich floh auf die Straße und verbrachte jede freie Minute mit Adrian. Wenn Adrian keine Zeit hatte, strich ich an den Schaufenstern der Geschäfte vorbei und überlegte, was ich alles kaufen würde, wenn ich reicher als reich wäre.
Eine ganze Woche verging, dann lag ein Geschenk auf meinem Bett. Auch meine Schwester hatte ein Päckchen. Bei ihr war es ein Teddy, ein Monstrum von einem Teddy. Meines war ein Fußball, rot-weißes Leder, duftend und leicht. Ich kreischte, als er das erste Mal vom Boden aufsprang.
Meine Mutter sagte nichts dazu, dass Vater seine Schuldgefühle mit Geschenken zu verdecken versuchte. Sie schwieg. Wahrscheinlich ahnte sie, dass es mehr eine Art Freikaufen war.
Adrian erklärte es mir so:
«Ich glaube, deine Eltern werden sich scheiden lassen.»
«Scheiden?»
Er nickte, ich schluckte.
«Und dann müsst ihr wählen», sagte Adrian.
«Wir?»
«Du und Susa, ihr müsst dann wählen, bei wem ihr leben wollt.»
Ich brach zusammen, denn darauf lief es offensichtlich hinaus.

War das der Grund für die Geschenke? Hatte Vater vor, uns zu schmeicheln, damit wir zu ihm kamen? Oder war es pure Schuld, die ihn Geschenke machen ließ? Und warum tat Mutter nichts?
«Komm, lass uns den Ball ausprobieren», sagte Adrian.
Das Haus schräg gegenüber von der Nummer 8, die Nummer 6, besaß einen bogenartigen Hauseingang mit einem Fenster auf der linken Seite, hinter dem keiner wohnte. Mit drei Metern Breite ergab der Eingang die idealen Maße. Wir ernannten die Nummer 6 zum *Tor der Weltmeisterschaft* und weihten dort den Ball ein. Adrian war der geborene Torwart, ich war der Rest der Mannschaft. Zwei Stunden lang drosch ich mir die Seele aus dem Leib, und jeder Tritt war eine Revanche an meine Eltern, jedes Tor Applaus von den Mengen. Schon bald stellten sich die ersten Gaffer ein. Zwei Mädchen und ein Junge. Ich warf einen unauffälligen Blick hinüber. Die Mädchen waren okay, aber der Junge, he, wenn das nicht der Typ war, der Tobis Schiss unterbrochen hatte.
Wir spielten weiter, verschwendeten keinen Gedanken mehr auf die Zuschauer, doch dann wurde es blöde, denn sie gingen nicht weg und kamen auch nicht näher. Adrian schlug vor, eine Pause zu machen. Wir hockten uns auf die Stufen der Nummer 6 und schauten den Gaffern zu, wie sie weiter gafften.
«Hallo», sagte endlich eines der Mädchen.
«Hallo», sagte Adrian.
«Ich bin Kirstin», sagte das Mädchen.
«Adrian», sagte Adrian.
«Zoran», sagte ich.
«Gabi», sagte das andere Mädchen.
Der Typ mit dem asiatischen Gesicht grinste und wandte sich ab. Er überquerte die Straße und steuerte auf die Nummer 10 zu.

«He!», rief Adrian.
Der Junge blieb stehen, drehte sich um.
«Schon mal Fußball gespielt?»
Keine Antwort. Der Junge stand auf dem Bordstein, sein Kopf wippte, die Schultern zuckten einmal.
Ich griff mir den Ball und warf ihn. Rot-weiß-rot-weiß-rot-weiß rotierte er durch die Luft und wäre unweigerlich auf der Straße aufgeprallt und hätte wahrscheinlich die Wand oder sogar eines der Fenster getroffen, wenn der Junge nicht zwei flinke Schritte vorgetreten wäre, um ihn mit der Spitze seines Turnschuhs zu stoppen. Der Ball lag friedlich unter seinem Fuß.
Wir grinsten uns an.
«Karim», sagte er.

Das war der Anfang. Keine Ahnung, warum es so lange gedauert hat. An dem Tag, an dem wir Kirstin, Gabi und Karim kennen lernten, rauschten die Leute um uns herum wie die Motten ums Licht. Da war Tanja mit ihrer Cousine Anne, da war Nicki, die im Nachbarhaus wohnte und der ich von meinem Zimmer aus ins Bad schauen konnte, Bernd und Werner, Tomas und Edgar, der Stotterer, mit seinem Bruder Jens.
Eines Nachmittags droschen Karim und ich Adrian ein paar Bälle ins Tor, als ein Junge mit seinem Rennrad vor uns hielt und fragte, ob es nicht blöd wäre, andauernd auf einen Hauseingang zu spielen.
Wir fragten ihn, ob er was Besseres zu bieten hätte.
In den Park wollten wir nicht, dort trat man andauernd in Hundescheiße, und wenn ein Tor fiel, musste man eine halbe Stunde dem Ball hinterherhetzen, falls er nicht zufällig im See gelandet war.
«Kommt mal mit.»

Wir gingen mit. Um die Ecke herum, an der Autobahn und dem Opel-Hetzer-Gebäude vorbei.
«Hier», sagte der Junge und blieb an einem Zaun stehen.
Links von uns war die Autobahnauffahrt Kaiserdamm, und rechts von uns erstreckte sich in sechs Metern Tiefe eine Grube. Sie war vielleicht hundert Meter lang und vierzig Meter breit. Ihre Ränder waren dicht bewachsen mit Gestrüpp und gesprenkelt mit Felsen und Geröll. Auf dem Grund wuchs saftiges Gras.
«Was ist das?», fragte ich.
«Ungenutztes Gelände», antwortete der Junge.
«Und wir können da rauf?», sagte Adrian zweifelnd.
Der Junge kratzte sich am Nacken, dann reckte er den Arm und zeigte über die Grube hinweg.
«Schaut mal da oben», forderte er uns auf.
Wir folgten seinem Finger. Er zeigte auf das Gebäude, das neben dem Platz aufragte wie ein Koloss. Vor dem Gebäude befanden sich Parkplätze, gelbe Postautos standen in einer geraden Reihe darauf herum. Wir kannten die Gegend, klar, wir wohnten ja um die Ecke, hatten uns aber nie Gedanken gemacht, was das sein sollte.
«Und?»
«Seht ihr den Balkon da oben?»
Wir sahen ihn.
«Der Mann da hat hier das Sagen über den Platz.»
Wir kniffen die Augen zusammen, und wirklich, da war jemand auf dem Balkon, er winkte zu uns herunter.
«Du, wer ist das?», fragte Karim.
«Das ist der Platzwart», antwortete der Junge, «er arbeitet für die Post. Bis das Gelände verkauft wird, passt er darauf auf, alles klar?»
«Und da können wir rauf?»

«Wenn ich es euch sage.»
«Und wer hat es *dir* gesagt, du?»
«Mein Vater natürlich», antwortete er, und wir blickten ein zweites Mal ehrfürchtig zum Balkon hinauf.
Ich trat näher ran und berührte die Umzäunung. Sie ging um den Platz herum und endete vor dem Postgebäude in einem großen Toreingang.
«Und du meinst, er hat nichts dagegen?»
«Kein Stück, er würde sich freuen, wenn hier mal was geschieht.»
Karim sah den fremden Jungen zweifelnd an und trat gegen den Maschendraht. Ich wusste da schon, dass er kein Japaner war, er war auch kein Chinese. Seine Eltern kamen aus der Türkei, der Vater hatte mongolisches Blut in den Adern, das war das ganze Geheimnis.
Karim war in meinem Alter und ging auf eine Schule in Wilmersdorf. Er lebte seit seinem zweiten Lebensjahr in Berlin und pflegte einen unstillbaren Durst auf Cola. Sein Haar war kurz geschnitten und lag wie ein Helm um seinen Kopf, sodass die abstehenden Ohren nicht bedeckt wurden. Er sah damit schon ein wenig dämlich aus, aber stören tat es keinen, denn Karim war ein wirklich netter Kerl. Leider war er auch unsicher. Nicht unsicher in der Art, wie er sich gab, sondern in der Art, wie er redete. Uns erzählte er, es würde daran liegen, dass er das Gefühl nicht loswurde, keiner würde ihm richtig zuhören. Er brauchte die Aufmerksamkeit des Zuhörers so dringend, dass er ihn immer direkt ansprach.
«Was ist nun?», fragte der Junge.
«Du, wie heißt du?», wollte Karim wissen.
«Eli.»
«Eli?»
«Ja, Elias. Eli.»

«Und das ist dein Vater?»
«Das ist mein Vater.»
«Du, wir haben 'nen Ball», erinnerte ihn Karim, als ob der Ball unsere geheime Waffe wäre, mit der wir diesen Planeten zerstören konnten, sollte man uns an der Nase herumführen.
«Ich weiß.»
«Jetzt?», fragte ich.
«Natürlich.»
Damit liefen wir am Zaun entlang und näherten uns dem Toreingang, das dumme Gefühl im Nacken, Eli jeden Moment in lautes Lachen ausbrechen zu hören. Wir erwarteten Hubschrauber, blecherne Megaphonstimmen, Polizei und Erwachsene, die hinter uns her brüllten, oder etwas Ähnliches wie ein mittleres Erdbeben.
Das Tor war unverschlossen. Eli ging vor, stieß es auf und ließ es hinter sich zufallen. Er sah uns von der anderen Seite her erwartend an. Wir schoben es auf und folgten. Dann standen wir an der Böschung und blickten in die Grube hinab.
«Also, was sagt ihr?», fragte Eli.
Adrian warf mir den Ball zu, ich war so nervös, dass ich ihn beinahe fallen ließ.
«Okay», sagte ich.
Karim wischte sich nervös mit den Handflächen über sein T-Shirt, Adrian schnipste ungeduldig mit den Fingern, und ich holte aus und kickte den Ball hoch in die Wolken.
Lange bevor er das Gras berührte, waren wir unten, um ihn in Empfang zu nehmen.

Er lebt doch / Klassenbester / Kinder der Siebziger / **Daneben gepinkelt** / Keine Lichter in den Fenstern / Silvester Nummer 10 / Der König der Diebe / Die Ahnungslosen / Spontan vorbeischauen / Morgenschicht

Vater ließ sich nicht blicken, und Mutter stand fünfmal in der Woche jeden Morgen um halb sechs auf, kochte sich Kaffee und saß dann am Küchentisch. Manchmal blätterte sie in einer Zeitschrift, manchmal saß sie einfach nur da und rauchte. Zehn nach sechs zog sie sich Schuhe an, bürstete ihr Haar und besprühte sich mit etwas Parfum, bevor sie die Wohnung verließ und mit der U-Bahn Richtung Schlesisches Tor fuhr. In der Firma stempelte sie ihre Karte, damit jeder wusste, dass sie pünktlich gewesen war, und fing an zu arbeiten. Um vier hatte sie Feierabend, um Viertel vor fünf war sie wieder zurück – außer wenn sie einkaufen ging, dann erst um fünf oder halb sechs.

Tag für Tag für Tag für Tag für Tag.

Ich glaube, diese Routine hat ihr das Leben gerettet. Und ich glaube, es klingt traurig, wenn ich sage, dass meine Schwester und ich es nicht konnten. Wir wussten einfach nicht, wie.

In vielen Nächten hörten wir Mutter weinen. Dann fing auch Susa an, und mir blieb nichts anderes übrig, als meinen Kopf unters Kissen zu stecken und vor mich hin zu summen.

Mich retteten meine Freunde, der Platz und das Fußballspielen.

Die Schule und Cori retteten meine Schwester.

Was auch mein Vater tat, anscheinend war es eine fremde Frau, die ihn rettete.

«Wo willst du hin?»
Es war Samstag und schulfrei. Die Uhr zeigte fünf Minuten nach zehn, und mich so früh wach zu sehen verwirrte meine Mutter. Da stand sie im Bademantel, das Haar noch platt gelegen vom Schlaf, und holte Margarine aus dem Kühlschrank.
«Zum Platz», antwortete ich.
«Kannst du nicht mal frühstücken?»
Ich zuckte mit den Schultern, und als sie sich umwandte, um die Kaffeemaschine zu füllen, schlich ich raus.
Der Platz und die Straße waren Orte, die mehr und mehr die Rolle meines Zuhauses übernahmen. Auch wenn ich dort manchmal alleine herumsaß, war es besser als das Schweigen in der Wohnung. Oder die Fragen. Oder die Blicke. Oder das Wissen, dass irgendwann eine Bombe explodieren und alles wegfegen würde, was zwischen unseren Wänden stand.

Der Anruf kam am nächsten Freitag. Meine Schwester ging ran, und schon an der Art, wie sich ihre Stimme hob, hysterisch aufgeregt wurde, war jedem im Umkreis von fünf Kilometern klar, wer mit ihr sprach.
«Geht ins Zimmer», befahl Mutter, bevor sie den Hörer in die Hand nahm.
Eine halbe Stunde später erfuhren wir es: Vater wollte uns sehen. Susa und mich. Am Sonntag. Um drei. Wo? Nicht hier. Er wollte uns abholen.

Mir war den ganzen Tag über schwindelig. Am späten Abend lag ich im Bett und sah explodierende Sternchen, sobald ich

die Augen schloss. Adrian hatte mir in allen Einzelheiten geschildert, wie solch eine Scheidung ablief. Das Umwerben lief auf vollen Touren.
«Ich geh da nicht hin», sagte ich in die Dunkelheit hinein.
«Ich geh hin», kam Susas Stimme vom anderen Ende des Zimmers.
«Weißt du, was ich glaube?»
«Was'n?»
«Wir werden diese Frau sehen.»
«Nee.»
«Doch, das glaube ich, und wenn du ihr gefällst, wird sie dich dabehalten.»
«Quatsch.»
«Kein Quatsch, das gab's schon mal im Fernsehen. Kannst Adrian fragen. So läuft das.»
«Neenee.»
«Du wirst ja sehen.»
Das war zu viel für die Kleine. Sie weinte, schluchzte laut, und ehe ich sie beruhigen konnte, schwang sie sich aus dem Bett und rannte zu Mutter rüber.
«Susa, warte ...»
Sie hörte mich nicht oder wollte mich nicht hören.
Das Bett im Wohnzimmer quietschte. Meine Schwester flüsterte, meine Mutter antwortete, dann erklangen Schritte und die Zimmertür schloss sich, ich blieb allein.
Na, wenn schon, dachte ich, ich hatte ja die Wahl, bei wem ich bleiben konnte.

Wir badeten immer zusammen. Ich hasste das bis auf die Knochen. Ich glaubte nicht, dass sich das eines Tages ändern würde. Wenn man sich die Shampoo-Werbung ansah, wo die glückliche Familie zusammen in der 3 × 3 Meter großen Wanne

herumplanschte, musste man ja annehmen, das ginge ewig so weiter. Schwarzkopf sei verflucht.
Unsere Wanne war winzig. Wenn Vater in ihr lag, befand sich die Hälfte von ihm draußen. Dabei war er nicht einmal ein Riese. Vater und Mutter badeten immer alleine. Für Mutter hatte die Wanne genau die richtigen Maße.
Als ich das Plätschern aus dem Bad hörte und Mutter mit dem Bügelbrett hantieren sah, wusste ich, dass es wieder so weit war.
«Was machst du da?», fragte ich.
«Ein Hemd für dich bügeln, du sollst nicht wie ein Zigeuner aussehen.»
«Aber warum?»
Sie gab mir keine Antwort.
«Hol Susa», sagte sie stattdessen.
Ich fand Susa unter dem Küchentisch, wo sie mit einer Decke über dem Kopf Höhle spielte.
«Komm, wir müssen baden.»
Sie robbte raus und machte einen Freudensprung. Wir hatten verschiedene Ansichten, was das Teilen der Wanne anging.
«Mach mal langsam», sagte ich.
Als wir so richtig gut eingeweicht waren, kam Mutter, um uns die Haare zu waschen.
«Kommst du nicht mit?», fragte Susa.
Mutter gab erneut keine Antwort. Ich begriff, es war an diesem Tag schwierig, die richtigen Fragen zu stellen. Und mit etwas Nachdenken wäre ich vielleicht darauf gekommen, dass Mutter wahrscheinlich Angst hatte, uns nie mehr wieder zu sehen.

Zwanzig Minuten später saßen wir auf dem Sofa im Wohnzimmer und durften uns nicht rühren. Das Haar lag richtig, das Hemd hatte keine Falte, und wenn Susa sich bewegte, knisterte ihr Kleid, jeder Atemzug ein Rascheln.

Mutter rauchte eine nach der anderen und betrachtete uns, als ob wir vor Gericht stehen würden. Mir kam *Petrocelli* in den Kopf. Ich mochte die Serie. Wie der Kerl alle Fälle aufdeckte, war schon nicht mehr schön, dabei blieb er pausenlos solch ein netter Mensch, war nicht einer von der harten Sorte, sondern ein gewitzter Kopf. Und dann, wie er sein Haus nie fertig bekam. Mensch, wie viele Folgen wollte er noch daran rumpuzzeln? Ich machte mir schwere Gedanken, mal beim Fernsehen anzurufen, wie ich das schon wegen *King Kong* getan hatte. Damals verschlief ich den Film und rief am nächsten Morgen beim ZDF an, um zu fragen, wann sie die Wiederholung bringen würden. Die Frau am anderen Ende war recht nett, meinte aber, sie könnte mir da nicht weiterhelfen, ich sollte es in einem Monat erneut probieren. Wenn ich jetzt anrief und wegen Petrocellis Haus fragte, würde sie bestimmt meine Stimme wieder erkennen. Das war gefährlich. Ich wollte dem Sender nicht auf die Nerven gehen und meine Chance mit der Wiederholung von *King Kong* leichtfertig verspielen.
Ein Pfiff ließ uns alle drei zusammenschrecken. Ich sprang zum Fenster. Da stand er. Vier Stockwerke unter mir, so klein und gleichzeitig so mächtig und groß. Blaue Bundfaltenhose, dazu ein passendes Jackett, das er sich lässig über die Schulter geworfen hatte. Er trug Sandalen, und sein Hemd war zwei Knöpfe weit offen.
«Papa!», rief ich hinab.
«Kommt ihr?», rief er hinauf.
Ich drehte mich um, und das war der Messerstoß. Die Freude auf meinem Gesicht schoss durch den Raum und traf Mutter mitten ins Herz. Ohne ein Wort zu sagen, stand sie auf, ging ins Bad und schloss sich ein. Susa sah mich fragend an, ich zuckte mit den Schultern und sagte:
«Gehen wir.»

Wir fuhren über die Autobahn Richtung Tegel. Ich durfte vorne sitzen, hörte die üblichen Fragen, gab die üblichen Antworten, während Susa hinter mir mit der Verpackung ihrer Bonbontüte kämpfte. Es war wie in einem Wettkampf. Wollte man im Spiel bleiben, dann gehörte der Schlagabtausch von Fragen und Antworten zu den Regeln. Ich wollte drinbleiben, also schloss ich kaum meinen Mund. Und es war, als ob nichts Böses geschehen wäre.
Erst als wir uns dem Ziel näherten, fing Vater an, nervös zu werden. Ich konnte es riechen. Dunkle Flecken breiteten sich unter seinen Achseln aus. Erst da fiel mir auf, wie schnell der Geruch eines Menschen aus einer Wohnung verschwand. Vaters Geruch war von den Möbeln und Tapeten abgefallen wie lästiger Staub, dann kam Mutter und saugte ihn weg.
Wir hielten in einer ruhigen Seitenstraße. Es knackte beim Ausrollen, denn die Straße war voller Kastanien. Autos parkten ordentlich, nicht so chaotisch wie in der Philippistraße, das hier war eindeutig eine andere Welt. Unser Wagen stand leicht schräg, weil mein Vater halb auf den Bürgersteig gefahren war. Deswegen sah es aus, als ob die Bäume schief wachsen würden. Ein komischer Anblick. Und überall Einfamilienhäuser.
Leise tickte der Motor nach.
Wir warteten, denn jetzt musste Vater das Thema ja anschneiden, jetzt musste er es ausspucken und seine Karten offen auf den Tisch legen.
«Ich möchte, dass ihr jemanden kennen lernt», sagte er.

Der Jemand hieß Dana und war auch aus Jugoslawien. Schlank, blondhaarig, unglaublich nervös und sehr darum bemüht, uns was zu essen und trinken aufzudrängen. Meine Schwester war sofort mit von der Partie, ich nahm nur ein Glas Cola und stand lässig am Fenster herum.

«Wir haben uns in einer Bäckerei kennen gelernt», sagte Dana zu meiner Schwester.
Vater nickte zu allem, sah aber keinen an. Er hockte völlig verloren auf dem gepunkteten Sofa. Der Raum um ihn herum wirkte wie die Bühne für ein romantisches Theaterstück. An der einen Wandseite waren drei bunte Straußenfedern, zwischen denen eine Harlekinmaske hervorlugte; die Tür zum Balkon war mit einer Lichterkette behangen, die aus den Blättern eines Strauches zu wachsen schien. Die Lichterkette pulsierte in verschiedenen Farben, obwohl es helllichter Tag war. Ich wurde an das Oktoberfest erinnert, und das Oktoberfest fand ich schon immer dämlich. Vater wirkte zwischen dieser Dekoration wie ein Wal, der an den Strand gespült worden war. Ich wünschte mir, ihm helfen zu können. Dann kam mir in den Kopf, dass er nicht da gewesen war, als ich ihn brauchte, und ein schmieriges Lächeln tanzte über meine Lippen, und ich genoss, wie unwohl er sich fühlte.
Susa lächelte auch, doch bei ihr sah es sehr naiv aus. Sie kam mir vor wie ein Häufchen dummen Fleisches, das gefüttert und gepudert wurde und *Ja* und *Amen* zu allem sagte.
«Daniel kommt gleich, dann kann er dir sein Zimmer zeigen.»
Susa nickte, obwohl die Worte mir galten, dann klingelte das Telefon.
Keiner rührte sich.
«Das Telefon klingelt», sagte ich.
Die Geliebte meines Vaters warf mir einen strafenden Blick zu, so als ob ich auf einen Haufen dreckige Wäsche gezeigt hätte, und stand dann mit einem Seufzer auf. Der Seufzer war so unecht, dass ich die Augen verdrehte, als sie aus dem Raum ging. Vater bekam das mit, er sagte:
«Was soll das?»

«Was?»
«Warum verdrehst du die Augen?»
«Habe ich das?»
«Das hast du.»
Dana war so schnell wieder zurück, dass sie den Hörer höchstens abgehoben und wieder aufgelegt haben konnte. Sie fragte zum zehnten Mal, ob wir nicht was essen wollten, dann kam was Neues.
«Möchtet ihr ein paar Fotos von Nastir sehen? Dort bin ich geboren. Meine Eltern leben noch dort.»
Ohne eine Antwort abzuwarten, griff sie sich ein Album vom Fernseher und schlug es auf. Susa rutschte näher heran, ich blieb am Fenster.
«Willst du die Bilder nicht sehen?», fragte mein Vater.
«Warum sind wir hier?», fragte ich zurück.
Die Zeit stand still. Meine Worte hingen reglos im Raum. Ich hielt die Luft an, ich hielt sie so lange an, bis ich das Gefühl hatte, dem Weltrekord nahe zu kommen. Gerade als ich aufgeben wollte, rutschte ein Schlüssel ins Schloss, drehten sich Riegel und ein Junge trat ins Wohnzimmer.
«Daniel!», rief Dana, sie klang erleichtert.
«Tag», sagte Daniel.
Er stand im Türrahmen, sah sich um, sah mich.
Ich kniff die Augen eng zusammen.
Daniel war hundertundfünfzig Jahre alt, ganze zwei Jahre älter als ich.

Sein Zimmer war doppelt so groß wie das, das ich mir mit meiner Schwester teilte. Daniel schloss die Tür. Susa war bei Vater geblieben.
«Ganz schön blöd, Daniel zu heißen, wenn die Mutter Dana heißt», sagte ich und stellte mich erneut ans Fenster. Zu der

Zeit muss ich es mit Fenstern gehabt haben. Wahrscheinlich brauchte ich die Gewissheit, dass die Welt da draußen heil blieb, während die Welt zwischen mir und meinen Eltern kaputtging. Ich betrachtete den Garten und die Bäume und versicherte mich, dass die Wolken dahinzogen wie schmelzendes Kaugummi. Erst dann sah ich mich genauer im Zimmer um.

«Hab mir den Namen nicht ausgesucht», sagte Daniel.

«Ach so.»

Er saß auf dem Bett, das Gesicht seinen Handflächen zugewandt, als ob sie ein Buch wären, das alle Antworten über mich enthielt.

War das Wohnzimmer seiner Mutter eine Bühne, war Daniels Zimmer ein kleiner Himmel. Grob geschätzt hatte er mehr Spielsachen als fünf Zorans zusammen, doch das ließ mich kalt. Masse machte es nicht, es kam auf die Klasse an. Sicher beeindruckte mich dies und das, aber mit Playmobil konnte mir keiner kommen, das war was für Weichlinge. Dafür sah seine Soldatensammlung gar nicht mal so übel aus, und als ich mich an das Zimmer gewöhnt hatte, mich entspannte und keinen überraschenden Angriff von irgendwoher erwartete, entdeckte ich die Autobahn. So was kannte ich nur aus dem Fernsehen. Mit vier Loopings, heißen Kurven und einem schneckenförmigen Tunnel, der jeden Fahrer vor Furcht erblassen ließ.

«Funktioniert die?», fragte ich.

«Zwei Autos sind kaputt, aber ich habe noch drei andere.»

Daniel zeigte sie mir, und ich entschied mich für den silbernen Flitzer. Wir hockten uns über die Autobahn, rote und blaue Plastikkurven warteten auf erfahrene Finger. Ich erwachte zum Leben. Das war mein Terrain, hier konnte mich keiner schlagen. Ich setzte mich ins Cockpit und zog meinen Helm enger; ich prüfte, ob die Lederhandschuhe richtig saßen, bevor ich den silbernen Flitzer ruhig nach hinten zog, dass sich die Feder bis zum Anschlag spannte. Da musste man vorsichtig sein, wenn man das falsch machte, konnte man gleich ein Dreirad auf die Reise schicken. Sanft setzte ich die winzigen schwarzen Reifen auf die Anlaufstrecke und ließ los. Der Flitzer machte *ssssSSSSZOSCH* und schlug die Loopings, EINmalZWEImalDREImalVIERmal glitt er in die Kurven wie ein Hai durch Wellen und sauste mit einer Geschwindigkeit durch den Tunnel, dass nur eine silberne Schliere meine Pupillen blendete und mich verdutzt blinzeln ließ.

Nochmal!

Aber Zauber solcher Art halten nicht lange. Da konnten die Loopings noch so herausfordernd sein, irgendwann sieht man auf und bekommt mit, wo man ist, wer man ist und was man da eigentlich tut. Und als ich aufblickte, sah ich die Verpackung des Spiels.

«Ist das neu?»

«Mhm.»

Ich schwieg, ich ließ den silbernen Flitzer liegen, ich stand auf und trat einen Schritt zurück.

Daniel sah mich unruhig an.

«Ich kann doch nichts dafür», sagte er.

Ich hatte tierische Lust, den silbernen Flitzer unter meinem Turnschuh zu zerquetschen. Danach wäre die Autobahn dran. Alle Loopings würden, Cornflakes gleich, knacken und zerbröseln.

Aber ich tat nichts, sondern fühlte mich mit einem Schlag unbeschreiblich verbraucht und mürbe. Nicht die Autobahn war zerbrechlich, ich war es, nicht die Loopings würden knirschen und knacken, sondern meine Haut, sollte mich jetzt jemand berühren.

«So was hat er mir noch nie geschenkt», war alles, was ich zustande brachte.
Daniel schwieg. Er sah wieder in das Buch seiner Hände. Das war sein Trick, sich zu retten.
«Weißt du, warum er das macht?», fragte ich.
«Nein», sagte Daniel.
«Du lügst.»
«Ja», sagte Daniel.
Dann schwieg ich und wartete, dass er weitersprach:
«Er will, dass ich ihn mag. Er will, dass du mit mir und meiner Mutter hier wohnst. Er sagt, er liebt meine Mutter und er würde sie gerne heiraten. Ist deine Mutter tot?»
«Nein», sagte ich.
«Es tut mir Leid», sagte Daniel.
Im ersten Moment dachte ich, er würde meinen, es täte ihm Leid, dass meine Mutter nicht tot war.
«Ist okay», sagte ich.
«Ich will nicht, dass du hier wohnst», sagte Daniel.
«Auch ich will hier nicht wohnen, das kannst du mir glauben.»
Daniel nickte. Aus dem Wohnzimmer erklang Lachen. Meine Schwester tat mir plötzlich schrecklich Leid. Ich fühlte mich schuldig, sie dort draußen allein gelassen zu haben. Mensch, sie war so naiv. Ich sollte sie eigentlich beschützen, auch wenn ich nicht genau wusste, wovor.
«Ich muss aufs Klo», sagte ich.
«Es tut mir Leid», wiederholte Daniel.
«Mir auch», sagte ich und verließ sein Zimmer.

Im Bad versuchte ich zu pinkeln, kein einziger Tropfen kam heraus. Ich hielt mein kleines Ding in der Hand und starrte in die Kloschüssel. Winzige Sterne aus Goldfolie klebten auf der

Innenseite des Deckels. Hier hatte mein Vater auch schon gestanden. Er hatte an diesem Waschbecken Zähne geputzt und sich rasiert, er hatte Gesicht und Hände gewaschen und in den Spiegel gesehen. Das würde mir nicht passieren. Ich konnte hier ja nicht mal pinkeln.
Ich gab auf und zog die Spülung, und als ich eben daran zog, ging es los, und ich konnte es nicht mehr zurückhalten.
Ich war ein Schwein und wischte den Klorand nicht trocken.

«Ich möchte mal Adrian anrufen», sagte ich.
«Wieso?», fragte mein Vater.
«Wir waren verabredet, und er wartet jetzt bestimmt auf mich.»
Dana kam und zeigte mir, wo das Telefon stand.
«Danke», sagte ich, und sie ließ mich allein.
Bevor ich wählte, drückte ich ein paar Mal auf die Gabel, um sicherzugehen, dass das Telefon funktionierte.
Am anderen Ende wurde nach dem ersten Klingeln abgehoben:
«Ja?»
«Hallo, Mama?»
«Ja?»
«Ich bin's. Ich wollte dir nur sagen, dass ich dich nicht verlassen werde. Das ist versprochen.»

Wir fuhren nie wieder zu dem Haus.
Ich sah Daniels altes Gesicht ein letztes Mal in einem Traum, das von seiner Mutter vergaß ich völlig. Und mein Vater benutzte weiterhin das Klo mit Sternen aus Goldfolie.

Er lebt doch / Klassenbester / Kinder der Siebziger / Daneben gepinkelt / **Keine Lichter in den Fenstern** / Silvester Nummer 10 / Der König der Diebe / Die Ahnungslosen / Spontan vorbeischauen / Morgenschicht

Weihnachten kam als eine trübe Gestalt in die Stadt. Mit verquollenen Augen und schweren Beinen schleppte es sich dahin, von Straße zu Straße, von Wohnung zu Wohnung. Anscheinend war unsere Tür die letzte auf einer langen Liste, denn als es so weit war, verschlief ich die Bescherung und lag, lange bevor das *Ah* und *Oh* im Wohnzimmer verhallt war, in einem komatösen Schlaf.

Was versäumte ich schon?

Keiner der Verwandten war mir wichtig, die Hälfte hielt sich so und so fern, weil Vater nicht mehr hier wohnte. Da war eine Cousine, die ich mochte. Die war ganz okay. Als ich sagte, ich würde mich schlafen legen, hatte sie verständnisvoll genickt. Ich weiß aber nicht, ob sie den Krümel einer Ahnung hatte, was es für mich hieß, an einem Weihnachtsabend schlafen zu gehen.

Ich denke nicht.

Drei Tage darauf war ich froh, dass der ganze Humbug vorüber war. Adrian half seinem Vater den Garten in Kladow winterfest machen, Eli saß bei seiner Großmutter im Schwarzwald und würde erst zu Neujahr zurückkommen. Blieb Karim, der mit der gleichen Erleichterung wie ich das

Christkind unter dem Tannenbaum sitzen ließ und aus der Wohnung verschwand. Er meldete sich mit dem Käuzchenruf.

«KOMMST DU?»

Ich kam so schnell, dass er nicht mal ausspucken konnte. Satte sechzehn Sekunden vom vierten Stockwerk bis ins Erdgeschoss. Das sollte mir mal einer nachmachen.

«Wetten, du hast das ganze Haus geweckt, du?»

Ich grinste nur und legte Karim den Arm um die Schulter. Eine halbe Stunde später hatten wir rote Backen und schoben den von Streusand schwarz gesprenkelten Schnee an den Rand des Bürgersteiges.

«Du, was machst'n Silvester?»

«Weiß nicht.»

«Weiß nicht weiß nicht weiß nicht! Mensch, was'n los mit dir, du?»

Karim gab mir einen Klaps, dass mir der Schneeschieber beinahe aus den Fingern rutschte.

«Mein Vater», sagte ich.

Darauf sagte Karim nichts.

Wir schoben Schnee vor Haus Nummer 11. Der Hauswart hatte uns angesprochen, ob wir uns nicht ein wenig Geld dazuverdienen wollten. Wir sagten natürlich nicht nein.

«Hast du Tom Sawyer im Fernsehen gesehen?», fragte ich.

«Hab ich.»

«Das mache ich jetzt auch. Wenn mein Vater bis Silvester nicht wieder da ist, haue ich ab.»

«Ach komm, du, hör doch auf, wo willst du'n hin?»

«Ich versteck mich im Keller.»

«Das ist kein Abhauen.»

«Na und, ist aber so ähnlich, soll ihm ja auch nur einen dicken Schrecken einjagen.»

«Du willst da unten pennen?»
«Das will ich.»
«Da soll es Ratten geben, du.»
«Ach, sei still.»
Wir schoben und schippten, schwitzten dabei mörderisch und spürten, wie sich die Haut auf unseren Handflächen aufpumpte für eine Horde deftiger Blasen. Ich sah mir das näher an und legte eine Pause ein, man sollte es ja nicht übertreiben. Karim war in Fahrt und machte weiter. Mein Blick wanderte die Straße hoch. Seit zwei Tagen hatte es nicht mehr geschneit, dennoch wirkte die ganze Gegend wie einem Märchen entsprungen. Ich war mir sicher, dass es ein Gesetz gab und dass jeder Winter so aussehen musste. In mir war die romantische Hoffnung, eines Morgens mit einem Schlitten die Philippistraße runterzurasseln und in einer Schneewehe zu enden, die sich ins Endlose zog und nur mich hindurchließ. Nur mich. In diesem kalten Tunnel wollte ich dann für eine Weile bleiben, bis alle Probleme gelöst waren. Das wäre schön.
Der Hauswart kam raus und betrachtete uns eine Weile lang abschätzend. Wir legten einen Zahn zu und taten auf ausgelassen und locker, obwohl uns das Kreuz schmerzte und wir uns nichts sehnlicher wünschten, als die Schaufeln hinzuschmeißen.
«Viel Schnee», sagte der Hauswart.
Wir sparten uns eine Antwort, und er verschwand.
An diesem Tag lernten wir, was Ausbeutung hieß.
Nach weiteren eineinhalb Stunden klingelten wir, um die Schaufeln abzugeben. Der Hauswart stellte sie ordentlich in den Keller und kam dann raus, um genauso ordentlich einen Blick auf den Bürgersteig zu werfen. Dabei stand er unter dem Türrahmen und beugte sich gerade so weit vor, dass er nicht in Gefahr geriet, das Gleichgewicht zu verlieren. Er erinnerte

mich an einen verängstigten Hund, der die Straßenlage checkte, bevor er eine Pfote hinaussetzte.
«Sehr schön, Jungs», sagte er und drückte jedem von uns eine Münze in die Hand.
«Kommt wieder, wenn ihr hier Schnee liegen seht.»
Damit verschwand er im Haus.
Wir blickten auf unsere Handflächen, in denen sich außer den milchigen Ansammlungen von zukünftigen Blasen nichts weiter als ein Fünfmarkstück befand.
«Kneif mich mal!»
«Ich glaub, ich spinne!»
«Du, das kann er doch nicht machen!»
«Hat er aber!»
«Hat er aber!? Mensch, bist du blöd oder was? Mehr als drei Stunden Arbeit, Mann. Das kann er doch nicht mit uns machen!»
«Hat er a…»
Karim hielt mir eine schwielige Hand vor den Mund.
«Du, ich weiß, was du sagen willst, spar's dir.»
Ich nickte und wir machten uns auf den Weg zu Aldi.

Es war zwar eine Menge unsinniges Zeug, was da am Ende heraussprang – Süßigkeiten, Tüten mit Chips und Flips und Citrolimo –, dennoch fühlten wir uns klasse befriedigt und belohnt. Wir hatten uns das Zeug erarbeitet und keiner würde daran teilhaben.
«Also nochmal, was machst'n Silvester?»
Wir lehnten am Zaun. Links von uns rauschte die Autobahn nass und kalt, rechts gähnte das zehn Meter tiefe Loch des Platzes, eingeschneit und unfreundlich funkelte es zu uns herauf, gleich einem weißen Feuer ohne Wärme. Der Sommer war verdammt weit weg.

Karim schob ein Stück Schokolade in seinem Mund herum, während er auf meine Antwort wartete. Das war sein spezieller Trick. Er nannte ihn *die Waschmaschine*. Karim meinte, wenn man Schokolade auf diese Art und Weise aß, hatte man doppelt so viel davon. Wir hassten ihn dafür, er machte uns immer neidisch, wenn er das tat. Natürlich hatte ich es auch probiert, ein Stück Schokolade so lange in meinem Mund herumzuwirbeln, bis es sich auflöste. Das war ganz spaßig, gelang mir aber nur ein einziges Mal, bevor ich den Rest der Tafel gierig runterschlang.

«Also, was machst du?»

«Ich denk mal, dass meine Mutter Besuch bekommt.»

«Besuch? Verwandte?»

«Ja, vielleicht. Vielleicht gehen wir auch weg.»

Letzteres wünschte ich mir insgeheim. Weihnachten ohne Vater war schon kein Spaß gewesen, aber Silvester würde zermürbend sein. Seit ich drei war, hatte Vater zu Neujahr immer Raketen mit mir abgeschossen. Würde er es dieses Jahr mit Daniel machen?

Karim beugte sich zu mir rüber, sodass ich die Schokolade in seinem Mund riechen konnte, und fragte:

«Was hältst du von einer Party?»

«'ne Party? Wo denn?»

Vertraut legte er den Arm um mich und flüsterte:

«Na, du, bei dir natürlich!»

«Wart mal, wart mal, das geht nicht.»

«Warum nicht?»

Ich spuckte meinen Kaugummi aus, um Zeit zu schinden, und steckte mir einen neuen in den Mund, kaute ihn weich.

«Wen soll ich denn überhaupt einladen?», sagte ich schließlich.

Karim zählte mir jeden auf, den wir kannten, und wippte dann stolz auf den Hacken, dass ich mich auf diesem Feld erst mal geschlagen gab.

«Und wo soll ich die Getränke herholen?»

«Du, jeder bringt 'ne Flasche Cola mit», schlug Karim vor, der am Tag mindestens vier Liter davon trank.

«Und was ist, wenn nicht jeder Cola will?»

Oh, das hätte ich nicht sagen sollen, so wie einige an Gott und Jesus glaubten, glaubte Karim an seine Cola.

«Dann kann er was anderes mitbringen, Mensch, ist mir doch egal», sagte er und sah mich wütend an.

«Und zu knabbern?»

«Das Gleiche.»

«Nee», ich schüttelte den Kopf, «meine Mutter wird nein sagen.»

«Probier's aus.»

Ich sackte gegen den Zaun, als ob mir die Luft aus den Beinen gewichen wäre. Das mochte ich ja überhaupt nicht. Fragen stellen war eine der unangenehmsten Sachen, die mir in diesen Tagen in die Quere kommen konnten. Sagte meine Mutter nein, würde sie sich schuldig fühlen und versuchen, mir zu erklären, warum sie nein gesagt hatte. Und zum Schluss landeten wir dann wieder beim gleichen Thema: Vater und wo er sich jetzt befand.

Eben wollte ich Karim all das darlegen und ihm erklären, er könnte die Party doch bei sich zu Hause feiern, wenn er solch einen Wert darauf legte, als das Heulen von Sirenen erklang und über uns hinwegwischte wie eine glühende Hand.

Wir flitzten am Opel-Hetzer-Gebäude vorbei und sahen die Menschenmenge schon von weitem. Eng auf eng standen die Leute am Geländer der Autobahn, genau da, wo die Saldernstraße an der Philippistraße vorbeiführt, und als wir näher kamen, wurden es mehr und mehr. Bald drängte und schob der

Pulk gegen das Geländer, es war ein Wunder, dass noch keiner auf die darunter liegende Autobahn gefallen war. Da war es auch, wo die Sirenen herkamen. Von der Autobahn. Blaurotes Licht blitzte durch die Luft und reflektierte sich im Schnee, landete lautlos und kalt auf den herabgaffenden Gesichtern.
Karim bahnte sich mit mir eine Gasse, wir kamen aber nur ein paar Meter weit. Ich schaute mich um. Kirstin, Manfred und Gabi standen weit hinter uns, wir nickten einander zu.
Karim zeigte nach links.
«He, du, da ist mein Bruder.»
Wir zwängten uns zu ihm rüber. Karim berührte seinen Bruder an der Schulter und drehte ihn um. Joskans Gesicht war tränennass.
«Kleiner, was ist *dir* denn passiert?»
Joskans Nase lief, und er zitterte und schüttelte sich ununterbrochen. Dann drückte er sich an Karim und murmelte vor sich hin.
«Du hast *was*?!», fragte Karim nach.
«Ich … ich hab's gesehen», wiederholte Joskan und zog laut die Nase hoch.
«Was gesehen?»
«Die Frau …»
Er zeigte zum Geländer hin. Seine Augen waren große Murmeln.
«Sie ist da runtergesprungen.»
«Du hast es wirklich gesehen?», sagte ich.
«Mhm.»
«Du, wer war es?»
Das wusste Joskan nicht, er wusste nur, dass es eine Frau gewesen war. Sie hatte langes Haar, sagte er, aber ihr Gesicht konnte er nicht erkennen, dafür war sie zu weit weg.
«Komm, lass uns abhauen», bat ich, «mir ist schlecht.»

«Was mache ich mit Joskan?»
«Ihn mitnehmen natürlich.»
Wie wir uns rausschoben, sprach Karim beruhigend auf seinen Bruder ein. Ich hörte halb zu, denn ich war voll damit beschäftigt, einen Weg aus der Menge zu finden. Endlich draußen, hörte ich es. Ganz leise, aber ich hörte es. Das war fast so, als ob meine Ohren darauf gepolt wären, diese eine Nachricht aufzufangen, sie aus der Luft zu saugen wie ein Staubsauger, der einem Fussel begegnet.
Keine Ahnung, ob Karim es hörte, es war auch egal. Kein anderer brauchte es mitzubekommen. Ich war genug. Direkt aus der kalten Winterluft schnappte ich es weg und verschlang die vier Worte.
«Es war eine Jugoslawin», sagte eine Stimme.
Egal, wer das gesprochen hatte, kein Gesicht war notwendig, kein Körper, nur diese Stimme, der sich bald darauf eine zweite anschloss:
«Ja, eine Jugoslawin, ich kannte sie.»
Eine Hand ergriff mich an der Jacke, wollte mich festhalten, mich näher zu sich ziehen, denn jetzt ging das Gerücht mit der Geschwindigkeit von Licht von einem zum anderen. Karims Griff hielt mich, auch Adrian war plötzlich neben mir, obwohl er gesagt hatte, er würde mit seinem Vater den Garten winterfest machen.
«Du, warte!», rief Karim, aber ich dachte nicht daran, schob Adrian weg, dann ein Ruck und ich war frei von Karims Griff und rannte. Rannte, wie ich noch nie gerannt war, überquerte die Straße in einer schlingernden Route, spürte, wie meine Sohlen auf dem Eis wegrutschten. Autos waren keine Gefahr, denn Autos, Erdbeben, Atombomben, das waren alles nur Randerscheinungen.
An der Haustür angelangt, rammte ich sie mit der Schulter

auf und fiel beinahe über einen Kinderwagen. Ich stieß ihn weg und schlitterte durch den Flur auf den Hinterhof. Und dort neben den Mülltonnen mit einem Schnitzer Himmel über mir, schnappte mein Mund auf und ließ mich schreien.
«*MAMAAAAAAAAAAAA.*»
Ich erwartete, alle Fenster auffliegen zu sehen, ich erwartete, dass die Köpfe der Nachbarn herausschnellten, dass sie sich beschwerten wie noch nie zuvor – doch nichts geschah, besonders nicht im vierten Stock, wo das rechte Wohnzimmerfenster geöffnet war und Gardinen hingen, aber kein Licht brannte.
«*MAAAAAAAAAAAAAMAAAAAAA.*»
Jetzt musste sie kommen. So lange brauchte sie immer. So lange und nicht länger. Außer sie war auf dem Klo oder schlief. Aber nein. Auch wenn sie schlief, war sie immer recht schnell auf den Beinen. Sie badete! Das war es. Ja, sie badete. Mhm, brannte deswegen im Bad kein Licht? Sie musste also schlafen. Kein Licht im Bad. Kein Licht im Wohnzimmer. Also musste sie schlafen. Falls sie überhaupt zu Hause war ...
«*MAMAAAAAAAAAAAAAAAAAAAAAAA.*»
Meine Hände waren geballt, ich betete, sabberte. Ich weinte, ohne dass ich es spürte, und fluchte gegen jedes Schicksal, das es gewagt haben sollte, mir meine Mutter zu stehlen. Mit fünf Jahren hatte ich für einen Moment die Kraft eines Gottes gehabt. Mit neun war ich nur noch ein schreiendes, sich windendes Etwas, das an einem Wintersonntag nach seiner Mutter brüllte, obwohl es ahnte, wo sie zu finden war.
«*MAMAAAAAAAAAAAAAAAAAAAAAAAAAA.*»
Meine Welt brannte. Meine ganze Welt stand in lodernden Flammen. Es fing an, dünn zu schneien, saurer Schnee, weißes Benzin, das die Flammen nährte und vier Stockwerke hochreichte, sodass ich sie als Leiter benutzen konnte. So stieg ich

hinauf. Mein Geist strich durch die leeren Zimmer unserer Wohnung und kehrte auf einer Schneeflocke zum Boden zurück: *Tut mir Leid, nichts und niemand ist dort oben.*
«Mama», flüsterte ich.
Ich hatte keinen Körper mehr. Ich hatte keine Mutter mehr. In mir war kein Leben. Die Welt löschte sich aus. Asche blieb. Doch auch die Asche löste sich auf. Durch den Schnee bahnten sich Erinnerungen und Stimmen, sie nahmen Form an, wurden zu Visionen und sprachen zu mir:
«WAS BRÜLLST DU SO?!»
Ich starrte, bis mir der Schnee den Nacken runterschmolz und meine Unterhose erreichte.
«ZOKI?!»
So nannte mich meine Mutter, so nannte mich mein Vater. Meine Schwester sagte Zoran, meine Freunde sagten Zoran. Zoki war nur meinen Eltern erlaubt.
«Ja?», antwortete ich.
«WAS BRÜLLST DU SO? WILLST DU DAS GANZE HAUS AUFWECKEN?»
«Alles in Ordnung!», rief ich kläglich.
Sogar aus dieser Entfernung konnte ich ihr Stirnrunzeln erkennen.
«WAS?»
«ALLES IN ORDNUNG, ICH ... ICH HABE ... ICH GLAUBE, ICH HABE NUR ... NUR MEINEN SCHLÜSSEL VERGESSEN. WIRF IHN MIR BITTE RUNTER, DAMIT ICH SPÄTER NICHT KLINGELN MUSS.»
Sie verschwand, kam gleich darauf wieder und warf mir den Schlüssel, in ein Stück Aluminiumfolie eingewickelt, herunter. Ich grub ihn aus dem Schnee und sah wieder hinauf. Die Fenster waren weiterhin dunkel, aber ich wusste, dass sich hinter ihnen Leben befand.

Er lebt doch / Klassenbester / Kinder der Siebziger / Daneben gepinkelt / Keine Lichter in den Fenstern / **Silvester Nummer 10 /** Der König der Diebe / Die Ahnungslosen / Spontan vorbeischauen / Morgenschicht

Keiner erfuhr davon, keiner sollte von meiner Angst wissen.

Der Tag verging wie viele andere Tage in dem ersten Jahr, das ich in der Philippistraße verbrachte. Und natürlich gab es keine Silvesterparty bei mir im Zimmer.

1976 ging, 1977 kam.

Alte Türen schlossen sich, neue wurden geöffnet. Vater rief an, redete eine Weile belangloses Zeug und legte wieder auf. Elvis jaulte aus den Boxen, Mutter betrank sich. Ein Wandspiegel ging kaputt. Onkel Curo schlief auf dem Klo ein.

Um elf ging ich auf die Straße, wo mich die Jungs erwarteten. Wir jagten Hundehaufen hoch und forderten jeden zum Tanz auf, der uns zu nahe kam, aber meistens warfen wir uns die Knaller gegenseitig vor die Füße und rannten, was das Zeug hielt. Die Straßen waren feucht vom Schnee, und man musste clever sein, den genauen Moment abpassen, dass einem die Lunte nicht nass wurde.

Fünfzehn Minuten vor Mitternacht hockten wir in einer Reihe. Das Geländer der Kaiserdammbrücke war hart und rau in unseren Rücken, der Funkturm erschien als ein leuchtender Strich in der Dunkelheit, unter uns war die verschneite Autobahn ein matschendes Ungetüm. Es war offensichtlich,

die Stadt machte für dieses Jahr ihre letzten Atemzüge, und wir waren an ihrer Seite.
Wir sprachen nicht, wir warfen keine Knaller, wir hockten reglos gegen das Geländer gelehnt. Es war zu kalt, um sich zu bewegen. In diesem Moment war ich mir meines Lebens sicher, nichts würde mir den Weg versperren, das spürte ich. Die Jungs und ich, wir hatten eine Menge vor. Wir wollten eine Menge zusammen erreichen. Zum Beispiel in der Bundesliga spielen, dann in die Nationalmannschaft aufsteigen. Wir wollten uns in sechzig Jahren als alte Männer im Lietzenseepark an den Tischtennisplatten treffen, Erfahrungen austauschen und all solchen Unsinn. Ich kann nicht sagen, was die Jungs in dieser Nacht dachten. Wie ich da saß, hoffte ich, sie würden meine Gedanken teilen, denn ich war für alles bereit. Und als schließlich die Nacht explodierte wie eine überreife Melone und blutrote Spritzer unsere staunenden Gesichter bedeckten, schielte ich zu meinen Jungs hinüber, beobachtete ihre offenen Münder, die glasigen Augen.
Eli. Karim. Adrian.
Wir gehörten zusammen.
Wir waren Freunde.

Er lebt doch / Klassenbester / Kinder der Siebziger / Daneben gepinkelt / Keine Lichter in den Fenstern / Silvester Nummer 10 / **Der König der Diebe** / Die Ahnungslosen / Spontan vorbeischauen / Morgenschicht

Die Stimmung spannte sich, einer Schlangehaut gleich, und riss an verschiedenen Stellen. Und wie sich das neue Jahr aus dem alten pulte, pulte sich mein neues Leben aus dem alten hervor, und etwas Fremdes begann. Es wurde begleitet vom Geruch abgestandenen Kaffees und kalter Zigarettenasche. Wir hatten bitterste Kälte. Die Tage waren matte Lichtpunkte ohne Bedeutung. Jeder, den ich sah, schien müde und erschöpft. Mutter kaufte für Susa und mich Vitamintabletten mit Zitronengeschmack, sie kochte Hagebuttentee und verpackte uns warm und gut. Zum Tee gab es Honigkuchen, daumendicke Scheiben, die sich im Mund zu einem Brei verwandelten. Die Momente des Alltäglichen waren leblos. Mutter rief zum Essen, ich ging durch den Flur in die Küche, setzte mich und zog die Bank ein Stück näher an den Tisch heran. Der Teller stand vor mir, ein Löffel daneben, manchmal Gabel und Messer dazu, aber oft musste ich nach der Suppe aufstehen und Gabel und Messer holen. Unsere gemeinsamen Essen waren wie ein schwarzer Raum, den wir schnell durchquerten. Es gab einen Anfang und es gab ein Ende und dazwischen war nichts. Vater fehlte. Vater und Mutter, die miteinander alberten. Vater und Mutter, die wegen schlechter Laune auf uns rumhackten. Vater und Mutter, die nebeneinander saßen.

Ich liebte das Bett und meine Bücher. Im Winter war alles außerhalb dieser Grenzen kalt und trostlos. Die Luft schmeckte nach Blei, und überall knackte es, als ob Menschen und Straßen, Häuser und Autos die Minusgrade nicht aushalten könnten und kurz vorm Zerbrechen standen. Wenn ich Pech hatte, war ich an der Reihe, den Einkauf zu erledigen, oder musste einen Sprint zur Ecke hinlegen, um mit klammen Fingern drei Markstücke in den Zigarettenautomaten zu werfen. Dann wieder zurück zum Geruch kalter Asche und der trockenen Hitze des Kohleofens.
Wurde mir ernsthaft langweilig, machte ich für Mutter frischen Kaffee oder hockte mich vor den Fernseher. Besuch gab es keinen, jeder war froh, dort zu sein, wo er hingehörte.
Darum scherte sich die Schule wenig. Besonders nicht von Montag bis Freitag. An manchen Tagen war es regelrecht erleichternd, hinzugehen und andere Gesichter zu sehen. Außerdem lenkte mich der Unterricht ab. Nicht, dass ich interessiert war, Interesse wäre das falsche Wort. Bestimmte Dinge ergaben für mich Sinn, bei anderen schaltete ich ab und überlegte, wie ich einen guten Witz reißen konnte. Ich galt als Klassenclown. Das war okay, ich mochte es, komisch zu sein, und es war herrlich, wenn jeder im Raum losprustete, weil meine Worte verdreht und wirr herauskamen. Eines meiner Hobbys. Verdrehte und verwirrte Worte. Ich flog dann aus der Klasse, obwohl die Lehrer manchmal selbst grinsen mussten. Auch das war okay. Ich versäumte ja nichts.

Und dann fingen Mädchen an, wichtig zu werden.
Mädchen wurden meine Suche nach Wärme.
Es fing mit Zetteln an, die in der Klasse weitergereicht wurden: *Ich möchte mit dir gehen, möchtest du mit mir gehen? Kreuze bitte an. Ja. Nein. Vielleicht.* Danach kamen Kussspiele, ro-

mantische Verabredungen und Liebesgeständnisse, die mal eben eine Woche hielten, bevor man auf dem nächsten Zettel *Vielleicht* ankreuzte. Natürlich tat es weh, wenn ein anderer sich das Mädchen schnappte. Doch Eifersucht war ein Stechen, das nur einen kurzen Moment andauerte. Nichts ging verloren. Wir konnten uns zwar berauschend in Tragik üben, aber das hielt nicht lange, denn es gab einfach zu viele andere Dinge, die uns ablenkten. Andere Mädchen, andere Spiele, andere Geschichten, die wir noch nicht gehört hatten. Jeden Morgen ging die Sonne auf, und unser Tacho wurde auf null zurückgestellt. Was uns zusammenschob und mit fiebernden Bewegungen umschlossen hielt, war Wärme und der Rausch des anderen – Mund an Mund, die Lippen wund von fremdartigen Bewegungen, Körper gepresst wie Blätter in einem Tagebuch.

Da waren Mädchen wie Lisa. Es wurde gemunkelt, dass ihre Eltern aus Rumänien kamen. *Die hat heißes Blut in den Adern,* war ein blöder Spruch, den einige gern brachten.

Lisas Haar war schwarz, wirklich schwarz, und ab der dritten Klasse trug sie eine Brille, braun umrandet, ein klobiges Ding, das ihr etwas Strenges gab. Ich mochte es, ihr beim Küssen die Brille zu verschieben, bis sie sie abnahm und weglegte.

Ich werde nie vergessen, wie sie in der Schule herumlief und ihre kleinen, spitzen Brüste in die Luft reckte. Brüste waren für mich uninteressant. Lisas Mund, ihr Gesicht, die Worte und das Lachen dahinter, das war wichtig. Manchmal, wenn wir *Arbeit oder Wahrheit* spielten, versuchte sie mich in die Ecke zu drängen. Wir saßen mit ein paar anderen aus der Klasse bei mir herum. Susa war bei Cori, Mutter kam erst um fünf, Vater lebte auf einem anderen Planeten und Lisa fragte mich:

«Arbeit oder Wahrheit?»

«Wahrheit.»

«Wie sehr magst du Tanja?»
Das war eine Falle. Nicht, dass Tanja ein Problem für Lisa gewesen wäre, für Lisa war niemand ein Problem. Es war ein Genuss für uns, den anderen bloßzustellen. Deswegen die Frage:
«Wir sehr magst du Tanja?»
Tanja sah sich unauffällig die Zimmerdecke an. Viele Sommersprossen, kleine Nase, süßer Mund.
«Ganz gern», antwortete ich.
«Ganz gern? Was heißt ganz gern?»
«Nur eine Frage», erinnerte ich Lisa und wusste, ich war aus der Schlinge raus.
«Okay, Arbeit oder Wahrheit?», fragte Lisa mich erneut. Zweimal fragen war gegen die Regeln, aber wen kümmerte das.
«Arbeit!», gab ich es ihr mit Triumph in der Stimme.
«Gib Tanja einen Fünf-Minuten-Kuss.»
Das waren heiß begehrte Manipulationsspiele, auf die wir immer wieder mit gespieltem Erstaunen hereinfielen. Ich stöhnte auf, als ob ich es mit Widerwillen tun würde, setzte mich dann rüber und verpasste Tanja einen saftigen Fünf-Minuten-Kuss, der für ein paar Risse in den Wänden sorgte.
Warum Lisa mich mochte, weiß ich nicht. Vielleicht gehörte ich zu der Art von Jungen, von denen sie sich einiges versprach, obwohl das gar nicht zu mir passte. Ich war rau und laut und albern. Ich war der festen Meinung, Mädchen würden eher auf was Feineres stehen. Auf Typen wie Clemens, dessen Vater Taxifahrer war, oder auf Typen wie Karsten, bei denen keine einzige Haarsträhne falsch lag und die nach jedem Niesen ihr Gesicht für eine halbe Stunde in einem Taschentuch versteckten. Bei mir stimmte einfach nichts – im Sommer Turnschuhe, T-Shirt und eine abgewetzte Hose; im Winter

eine Bundeswehrjacke, die der Sohn einer Nachbarin mir vermacht hatte, dazu billige Stiefel und Cordhosen mit abgewetzten Knien. Darin fühlte ich mich wohl, und was anderes hatte ich einfach nicht.

Es kamen die ersten Mutproben und die angenehme Erkenntnis, wie leicht es war, sich im Supermarkt kleine Dinge in die Jackentasche zu schieben.
Eli, Karim, Adrian und ich standen Kaiserdamm Ecke Sophie-Charlotten-Straße und knobelten, wer in den Supermarkt reingehen sollte. Ich hatte schon gezogen, ein langes Streichholz, damit war ich aus dem Spiel raus, was meinen Nerven ganz gut tat.
«He, ihr wollt mich doch nicht festnageln», sagte Karim, «ihr wollt mich doch wohl nicht festnageln, ha?»
Adrian lachte, Karim fummelte an den Streichhölzern herum und zog. Ein langes. Er stieß die Luft laut aus.
«Na denn.»
Eli zögerte nicht lange und zog. Auch ein langer.
«Astrein, Mann!», rief ich.
Adrian sah mich schief an.
«Dann werde ich mal», erklärte er und überquerte die Straße, ohne sich noch einmal nach uns umzugucken.
Adrian war mit drei Jahren Vorsprung der Älteste von uns. Und er war der Stolzeste. Sobald es darum ging, in einem Wettkampf hinten anzustehen, sank seine Stimmung, und wir bekamen es zu spüren. Dennoch war das okay. Er hatte das Sagen, und er war außerdem der Beste in allem, was wir taten. Keiner rannte so schnell, keiner war so mutig, keiner schlug so hart zu. Wenn was schief ging, nahm er die Chose auf seine Kappe. Adrian stand für uns gerade, dafür waren wir ihm gegenüber loyal. Das war okay so.

Eli zuckte mit den Schultern und zog den Reißverschluss seiner Jacke hoch.
«Da bin ich aber gespannt.»
Ich war es auch. Bei *BOLLE* zu klauen, das ging ja noch, aber sich bei *KAISERS* reinzuwagen war schon gefährlicher. Da hatten sie ja jetzt Kameras in jeder Ecke. Die waren darauf aus, sich nichts mehr wegnehmen zu lassen.
«Er hat gesagt, es wäre ein Kinderspiel.»
Karim gab mir Recht, das hatte Adrian gesagt, jaja.
«Das war aber, bevor wir gelost hatten, oder?»
Wir kicherten, schauten hinter ihm her und stießen Atembäusche von unseren tauben Lippen.
«Und was machen wir, wenn sie ihn erwischen?»
Wir waren unerfahren. Wir hatten hier mal, da mal einen Mars-Riegel eingesteckt. Geld sparen war der Auslöser und über Mars-Riegel gingen wir nicht hinaus. Bisher nicht. Uns lief ja schon der Schweiß am Körper herunter bei der Vorstellung, was Adrian durchmachen musste. Heute sollte eine neue Zeit eingeläutet werden, wir wollten die kleinen Fische hinter uns lassen.
«Die erwischen ihn nicht, nicht Adrian.»
«Nee, du, nicht Adrian.»
«Neenee.»
Wir standen neben einem Kiosk. Das war mein Traum. Das war für mich Leben pur. Tag für Tag herumsitzen und auf Kunden warten, nebenbei etwas schmökern, eine Cola trinken, Chips essen und die neuesten Marvel-Comics durchblättern. Kioske verehrte ich, auch wenn der Typ in diesem hier mich nicht mochte. Das Ganze hatte natürlich eine Vorgeschichte. Als wir in die Philippistraße zogen, schickte mein Vater mich innerhalb eines Monats achtmal los, um ihm seine Sportzeitung zu holen und dabei gleichzeitig Geld zu wech-

seln. Das Geld musste ich wechseln, um mir für die Schule Brötchen oder eine Schnecke zu kaufen. Dafür lief ich um halb sieben aus dem Haus, trotzte jeder Müdigkeit und stellte mich vor den Kiosk, sagte Guten Morgen und schob schüchtern den Hundertmarkschein rüber.
«Sag mal, wie soll ich denn so früh einen Hundertmarkschein wechseln?», fragte der Zeitungshändler zornig und verschränkte die Arme.
Er hatte es gut, er saß in seinem kleinen Häuschen, gut versteckt hinter seinem Bart, und ich stand draußen herum und kam mir vor wie ein Bettler. Dann nahm er irgendwann die Arme herunter und kramte in der Geldkiste, die unter dem Ladentisch lag.
«Hatte dein Vater es nicht größer?»
Er kannte meinen Vater, sie waren auf Du und Du. Ich fragte mich, warum er nicht meinen Vater anpfiff, ich wollte doch nur eine Schnecke oder ein Brötchen haben.
«Danke.»
«Das ist aber das letzte Mal.»
«Mhm.»
Es war Ewigkeiten her, dass ich ihn mit Hundertmarkscheinen genervt hatte, es war genauso lange her, dass ich Vater am Morgen nach Geld gefragt hatte, fragen konnte. Und jetzt stand ich frierend neben der Eis-Karte, betrachtete die Comicauslage und dachte dabei, irgendwann wird das Leben viel leichter sein, irgendwann werde ich mehr Comics als Haare haben.
Meine Füße waren kalt vom Warten, und ich wünschte mir, wir hätten das an einem anderen Tag gemacht. Mit halbem Ohr hörte ich, wie Karim dabei war, Eli für seinen Fußballverein zu werben. SC Westend 01. Bei mir hatte er es auch schon probiert und war abgeblitzt. Ich fürchtete mich vor Menschenansammlungen, und so sehr ich auch das Fußballspielen

liebte, konnte ich mir nicht vorstellen, zum Training zu gehen oder mir mehr als fünf Namen und die passenden Gesichter dazu zu merken. Und das musste ich notgedrungen, wenn ich in einer Mannschaft aufgestellt werden wollte.

«Du, wir trainieren in ’ner Halle, direkt Niebuhrstraße. Das ist gut. Zweimal die Woche. Und Turniere gibt es fast jedes Wochenende.»

«Turniere?»

«Ja, um Pokale, Mann. Das ist scharf, du, ich sag dir, ist echt scharf.»

Eli fragte mich, was ich davon halten würde. Der Winter zog sich hin, uns zuckten die ungenutzten Muskeln.

«Was meinst du, Zoran? Wollen wir uns das nicht ansehen? Nur ein Mal?»

Karim war so klug, da nicht reinzuquatschen, und Eli war ebenfalls so klug, es vorzuschlagen, während Adrian nicht in der Nähe war. Adrian hielt noch viel weniger als ich von Vereinen. Und Adrian war nun mal mein bester Freund. *Ja* zu sagen, wäre einem Verrat an ihm gleichgekommen.

«Ich weiß nicht, das ist so …»

Ich suchte nach dem Wort, dann hatte ich es.

«… verpflichtend.»

Karim seufzte, Eli sagte: «Nur ansehen.»

Und ehe ich wusste, was geschah, hatten wir uns auf den Donnerstag geeinigt, halb fünf am Blumenladen Kaiserdamm Ecke Saldernstraße.

«Du musst aber Turnschuhe mitbringen.»

«Kein Problem.»

«Und Shorts, du.»

«Jaja.»

«Hast du Stutzen und Schienbeinschützer?»

Ich wurde rot. Woher sollte ich Stutzen und Schienbeinschüt-

zer haben? Karim wusste ganz genau, dass ich keine besaß. Wozu auch, verdammt?
«Du, pass auf», sprach er weiter, als ihm klar wurde, dass er da in ein Wespennest reingetrampelt war, «ich geb dir ein Paar von meinen. Ich habe da blauweiße, du, die rutschen ein wenig, aber das wird schon gehen. Und Schienbeinschützer kannst du auch haben, kein Problem, hörst du?»
Ich sagte nicht danke, sondern zeigte mit dem Kinn über die Straße hinweg auf den Supermarkt. Meine Schwester kam uns entgegen.
«Scheiße, Mann, was macht die denn hier?», fragte Karim.
«Woher soll ich das wissen?»
«Ist doch deine Schwester. Mensch, du, wenn die Adrian verrät!»
«Sie weiß doch von nichts», sagte Eli beruhigend.
Susa stand mit der Einkaufstüte an der Ampel. Wir beachteten sie nicht, als sie dann aber näher kam, grinste Karim und sagte was zu ihr, also mussten auch wir was sagen, um nicht blöd dazustehen.
«Warst einkaufen?», murmelte ich.
«Und Flaschen wegbringen. Mama hat gefragt, wo du bist.»
«Sag ihr, du hast mich nicht gesehen.»
«Mach ich nicht.»
«Zicke.»
Sie lief vorbei, und mir lagen wie durch Zauberhand zehn üble Schimpfworte auf der Zunge, die ich unbedingt loswerden wollte, als mir Karim einen Klaps auf die Schulter verpasste. Ich drehte mich um, Adrian war im Kommen.

Wir hopsten um ihn herum, als ob er das Christkind wäre.
«Seid ihr verrückt geworden oder was?!», zischte er und lief direkt an uns vorbei.

«Folgt mir», befahl er mit gepresster Stimme.

Wir folgten unauffällig ein paar Meter hinter ihm und stießen uns dabei kichernd an. So strömten wir in die Philippistraße – eine Welle, die sich wieder und wieder überschlug. Mal rannten wir, mal schlichen wir. Bei der Nummer 6 angekommen, flitzten wir in den Hausflur rein und verbarrikadierten die Eingangstür.

Adrian pflanzte sich auf die oberste Treppenstufe und kniff die Augen fest zusammen, als ob er einen unsichtbaren Schmerz ertragen müsste.

«Und?»

Adrian öffnete die Augen wieder und griff in die Außentasche seiner Jacke. Er holte etwas Langes, Schmales hervor. Es steckte in Plastik und Leder. Bevor wir erkennen konnten, was es war, ging wie aufs Stichwort das Flurlicht aus. Eli patschte gegen den Schalter, es wurde wieder hell.

«Was'n das, Mann?»

«Aus der Haushaltswarenabteilung, du Idiot», antwortete Adrian, dabei streckte und dehnte er das Wort Haushaltswarenabteilung so sehr, dass es klang, als ob es sechzehn Silben hätte. Er griff in das Etui und zog das Messer heraus.

«Das ist ein Jagdmesser. Hier. Hier steht es.»

Er zeigte es uns. Es war wirklich ein Jagdmesser. Rostfrei. Die Klinge war auf beiden Seiten geschärft. Wir steckten die Köpfe zusammen. Auf der Verpackung stand, man könnte das Messer auch zum Ausweiden benutzen.

«Wow!»

«Ist ja irre!»

«Mensch, Alter!»

Ich berührte die Klinge. Sie war warm von Adrians Körper. Ich stellte mir vor, wie er seine verschwitzte Hand drum herum gelegt hatte. Klauen war kein Spaß.

Karim hielt die Verpackung in der Hand und rief plötzlich: «Nee, du, iss nicht wahr!»
Wir blickten ihn erwartungsvoll an. Das Licht ging wieder aus. Eli vergaß draufzuschlagen.
«Was? Was iss?», fragte er stattdessen. «Was iss denn?»
«32 Mark und 99 Pfennig», kam es aus der Dunkelheit.
32 Mark und 99 Pfennig hieß so viel wie *absolut großer Reichtum*. Karim und ich hatten fürs Schneeschippen fünf Mark bekommen. Taschengeld gab es keines, und Pfandflaschen waren die Quelle des Glücks. Manchmal schob Vater zwei Mark rüber. An Festtagen. Bis zum Zehner mussten Wunder geschehen.
Und jetzt 32 Mark und 99 Pfennig.
Ich ließ die Zahlen auf meiner Zunge zergehen. Adrian hatte sich mehr als nur überboten. Die Tat kam mehr dem Überfall auf eine Bank gleich als einem normalen Diebstahl.
Eli fand den Lichtschalter, unsere Gesichter glänzten vor Bewunderung.
«Astrein, Alter!»
«Absolut!»
«Mannomann!»
Wir beklopften Adrians Schultern. Er nahm es gelassen hin und forderte uns heraus, das sollten wir ihm mal nachmachen. Daran dachte keiner. Wir waren uns sicher, wir würden uns nie an größere Fische heranwagen.
Adrian erzählte, was gelaufen war: Also erst mal hatte er sich ein paar Zeitschriften angesehen, dann war er durch die Fleischabteilung geschlendert, weil er das immer machte, wenn er einkaufen ging.
«Als mich dann keiner beobachtete, blieb ich vor den Messern stehen und sah mir die Preise an. Ich wollte ja nichts Billiges. Wenn schon, denn schon.»

Wir grölten, pfiffen.
«Es ging ruck, zuck. Kaum hatte ich das Messer in der Hand, war es schon in meiner Tasche. Ging ganz flott, fast als ob ich es geübt hätte. Dann schaute ich nach links, dann nach rechts und ging auf die Kasse zu.»
Das war der gefährlichste Teil. Für uns war es eindeutig, dass jeder, der einen Supermarkt betrat, was kaufte. Wer nichts kaufte und einfach so durch die Kasse ging, der klaute. Das war für uns so einleuchtend, dass wir glaubten, jeder würde so denken.
«Und?»
«Nichts und. Ich nickte der Kassiererin zu. Und sie fragte mich: *Na, nichts gefunden?* Und ich antwortete: *Ja, doch, schon, aber ich habe mein Geld vergessen.*»
Boh, das war dreist, ich konnte es kaum fassen. Mir würde so was *nie* passieren. Hätte mich die Kassiererin angesprochen, wäre ich vor Schuld geschmolzen und hätte weinend alles gestanden, was ich je gestohlen hatte.
«Und dann gingst du raus?»
«Dann ging ich raus.»
«Und keiner folgte?»
«Habt ihr irgendjemanden gesehen?»
Wir schüttelten ehrfürchtig die Köpfe. Der König der Diebe saß vor uns. Er, der den Kameras trotzte, er, der den Kassiererinnen ins Gesicht grinste, er, der mit den schnellen Fingern.
«Wollen mal sehen, ob es sich gelohnt hat», sagte mein bester Freund und warf das Messer in Richtung Haustür.
Natürlich blieb es zitternd und fest im Holz stecken.

An diesem Abend beschloss ich, jeden und alles in den Schatten zu stellen. Ich wusste zwar nicht, wie das passieren sollte, ich wusste nur, dass ich es tun musste. Adrian würde überboten werden. Und zwar von mir.

Es war nicht Eifersucht oder Machtdrang, die mich vorantrieben. Ich glaube, ich wollte mich einfach nur beweisen. Adrian sollte sehen, dass ich seiner würdig war.
Der König der Diebe und sein Freund!
Ha.
Und wer war sein Freund?
Welchen Titel würde er bekommen?

Das Abendbrot wurde reinstes Delirium. Mein Kopf schwebte in einer rätselhaften Brühe. Was sollte ich nur tun? Wie konnte ich meine Freunde vor Neid zum Erblassen bringen?
Susa schlug vor, Karten zu spielen. Ich sagte nein, ich müsste nachdenken. Also spielte sie mit Mutter. Ich grübelte weiter und setzte mich nahe vor die Glotze, meine Augen waren nicht die besten, und ich wurde immer wieder ermahnt, etwas mehr Abstand zum Fernseher zu halten. An diesem Abend wäre es meiner Schwester und meiner Mutter sogar recht gewesen, hätte ich mit der Nase am Bildschirm geklebt. Ich ging ihnen ganz schön auf die Nerven mit meiner Unruhe.
Ich sah die Nachrichten, eine Familienserie, eine Dokumentation über Serengeti, zwei Informationssendungen – Waschmittel im ZDF, Dachisolierungen im NDR – und endlich etwas Vernünftiges: *Starsky & Hutch*.
Kurz vor elf beschloss ich, ins Bett zu gehen. Meine Schwester war auf dem Sofa eingeschlafen, und Mutter las einen ihrer jugoslawischen Liebesromane. Ich weckte Susa: «Komm, schlafen», und verschwand aufs Klo. Sie folgte mir.
«Ich muss pinkeln», erklärte ich.
Susa lehnte im Türrahmen, verschlafene Augen, die Arme vor dem Nichts ihrer Brust verschränkt.
«Wo?»
Was auch immer sie mit *Wo?* meinte, es zerbrach mir nicht

den Kopf, denn ich pinkelte ohne Probleme drauflos. Nachdem ich gespült hatte, putzte ich mir die Zähne. Susa lehnte weiterhin im Türrahmen. Augen zu, Arme verschränkt. Ich nahm sie an der Hand, sagte gute Nacht zu Mutter und brachte meine kleine Schwester in ihr Bett.

«Nacht, Susa», sagte ich.

«Nacht», antwortete sie, ohne ein einziges Mal die Augen geöffnet zu haben.

Er lebt doch / Klassenbester / Kinder der Siebziger / Daneben gepinkelt / Keine Lichter in den Fenstern / Silvester Nummer 10 / Der König der Diebe / **Die Ahnungslosen** / Spontan vorbeischauen / Morgenschicht

Was ich mir auch vorgenommen hatte, ich vergaß es nicht. Es gärte in mir und ließ mich einige Male sogar die Schule schwänzen, weil ich finden wollte, was mir Achtung und einen Namen einbringen sollte.
An diesen Tagen stand Cori oft vor der Tür. Okay, sie war Susas beste Freundin, und mit mir knutschen, darauf stand sie auch, dass sie aber kam, wenn Susa nicht da war, das war was Neues, das mich verwirrte.
«Was?»
«Hallo.»
«Susa ist nicht da.»
«Und?»
«Was?»
«Kann ich trotzdem reinkommen?»
«Meine Mutter ist am Kochen.»
«Zoran, es ist halb eins, deine Mutter kommt um fünf.»
Ich ließ sie rein. Sie knallte mit ihrem Kaugummi und setzte sich auf mein Bett.
«Was machst du so?»
«Lesen.»
«Was denn?»
Ich zeigte ihr das Buch. Sie drehte es in der Hand, als wäre es

eine Zauberschachtel, die sie öffnen musste, um hinter ihre Bedeutung zu kommen.
«Willst'n Kaugummi?»
Ich saß auf Susas Bett, drei Meter von Cori entfernt. Adrians Schwester war keine Fremde für mich, aber es war nicht normal, ein Mädchen allein zu sehen.
Wir Jungen und Mädchen trafen uns in Wohnungen oder wo auch immer, und dann wurde geknutscht oder es wurden Spiele erfunden, die zum Knutschen führten: Gefängnis oder Frankenstein oder Überfall. All solch ein Zeug. Wir hatten auch eine romantische Seite: Prinzen, Musketiere und Ritter. Unser Repertoire war unbegrenzt, und statt eines Vorhanges und Applaus gab es lange, atemlose Küsse.
Wann immer ich nach der Schule bei Lisa vorbeischaute, hockten in ihrem Zimmer ein paar Leute aus der Klasse. Oft Pärchen oder solche, die es mal werden wollten. Ich bin mir sicher, keine Mutter und kein Vater hatten je einen Schimmer davon, was vorging, wenn sie sich auf Arbeit befanden.
Ich sagte zu Cori, ja, ich wollte einen Kaugummi.
«Hol ihn dir.»
Ich ging zu ihr ans Bett. Cori bleckte die Zähne, ein Stück rosa Kaugummi quoll hervor wie schmelzender Teer an einem Sommertag.
«Hast du keinen anderen?»
Sie schüttelte den Kopf, und ich küsste sie.
Nachdem ich mir mein Stück geholt hatte, wollte sie, dass ich mich auf sie legte. Ich legte mich auf sie, und Cori rieb sich an mir und wollte, dass wir Zungenkuss machten.
Wir probierten es.
Mir war Zungenkuss fremd, aber ich fragte nicht nach, wo sie das schon wieder aufgeschnappt hatte. Wir fuchtelten mit der Zunge im Mund des anderen herum. Es war gar nicht so

schlecht. Es schmeckte. Ich fand Gefallen daran, bis mir Cori Luft in den Mund blies.

Meine Wangen blähten sich auf und es knackte unangenehm im Kiefer. Ich stützte mich auf und fragte, was das sollte. Cori kicherte, der Kaugummi schnalzte in ihrem Mund. Ich versuchte einen weiteren Zungenkuss, und gerade da, wo es mir gefiel, blies sie mich erneut auf.

«Hör mal ...»

«Küss mich.»

Nach dem sechsten Mal hatte ich genug und griff mir einen Comic. Cori blätterte in einer alten Ausgabe von *BRAVO* und las mir vor, was Dr. Sommer einem Mädchen riet, das sich in ihren Onkel verliebt hatte. Der Onkel war zweiundsechzig.

«Stell dir vor, zwei*UND*sechzig! Eklig, ne?»

«Mhm. Was hast'n zu Weihnachten bekommen?»

«Einen Kasettenrekorder und ...»

Sie schnatterte weiter, ich las meinen Comic. Es war egal, ob ich zuhörte, es war nur wichtig, dass ich neben ihr lag. Solange ich ab und zu Fragen stellte, verstanden wir uns. Zweimal kam sie rüber, um mich zu küssen. Ich blies sie auf, und sie ließ es sein.

«Hast du Adrians Messer gesehen?», sagt Cori irgendwann.

Ich wurde rot. Was? Hatte er das etwa rumgezeigt? Mein Comic sank runter, ich blickte Cori fragend an. War es rausgekommen? Hatte er etwa erzählt, die Idee wäre von uns gewesen? Ich musste aufpassen.

«Was für ein Messer meinst du?»

«Sag bloß, er hat es dir nicht gezeigt?»

«Messer?», sagte ich kleinlaut.

«Sein Weihnachtsgeschenk. Von Papa. Er durfte es sich aussuchen.»

«Von Papa», stellte ich fest.
«Ja, von Papa.»

Ich erzählte es keinem. Karim wusste nichts davon, das hatte ich bald raus. Eli war genauso ahnungslos. Und Adrian? Adrian tat weiterhin, als hätte er den größten Coup des Jahres gelandet.
Das war der Anfang.
Langsam fand ich heraus, dass das stolze Königreich eines Jungen, der drei Jahre älter war als ich, auch nur aus der Kraft der Phantasie bestand.
Und aus Lügen.
Und aus Freunden, die sich hinters Licht führen ließen.

Er lebt doch / Klassenbester / Kinder der Siebziger / Daneben gepinkelt / Keine Lichter in den Fenstern / Silvester Nummer 10 / Der König der Diebe / Die Ahnungslosen / **Spontan vorbeischauen** / Morgenschicht

Heimlich machte ich mir Gedanken, wie ich meine Eltern retten konnte. Mir war in den Kopf gekommen, gefälschte Briefe zu verschicken. Einen an sie, einen an ihn. In den Briefen würde stehen, sie sollten sich zu der und der Zeit an dem und dem Ort treffen. Die Schriften würde ich geschickt fälschen. Und wenn sie sich dann trafen, würde meine Mutter fragen: *Warum willst du mich sprechen?* Und mein Vater würde antworten: *Dasselbe würde ich gerne von dir wissen.* Anschließend würden sie sich die Briefe ansehen und wären so erstaunt von der Tatsache, dass keiner von ihnen was damit zu tun hatte, dass sie unweigerlich an ein Wunder glauben würden. Und Wunder halten Menschen zusammen.

So dachte ich zumindest.

Also besorgte ich mir als Erstes Briefe von Mutter. Sie lagen in Schubladen, die ich nicht anfassen durfte. Es waren Briefe, die sie Vater geschrieben hatte, als er in der Armee war. Mutter war Serbin, Vater kam aus Kroatien, und sie lernten sich kennen, als Vater in der Heimatstadt meiner Mutter seinen Armeedienst absolvierte. Als Mutter schwanger wurde, rannte sie von zu Hause weg und ging zu Vater nach Kroatien. Sie kam nach neun Monaten mit mir auf dem Arm nach Serbien zurück und präsentierte mich ihren Eltern.

Eine Woche lang trainierte ich Mutters Handschrift, lenkte meine Hand wie einen Kran, um die Bögen und Kurven exakt hinzubekommen. Danach war Vater an der Reihe. Dafür brauchte ich länger, denn das war solch ein schnelles Gekrakel, dass sich manchmal dieselben Worte nicht glichen. Aber auch das brachte ich mit Bravour hinter mich.
Das nächste Problem wurde die Adresse.
Wo steckte mein Vater?
Mir fiel ein, wie die Straße aussah und alles innerhalb des Hauses, das Sternenklo eingeschlossen, aber außer dem Bezirk bekam ich keinen anständigen Namen auf die Reihe.
«Ruf ihn doch auf der Arbeit an», schlug Adrian vor.
«Dann weiß er gleich Bescheid.»
«Sag einfach, du willst ihn besuchen.»
«Und was, wenn ich dann nicht komme?»
«Sag, du wärst krank.»
«Und was, wenn er meine Mutter fragt, ob das stimmt?»
«Dann spiel krank. Mensch, stell dich nicht so an.»
Ich rief aus einer Telefonzelle an.
«Hallo, Tata.»
«Hallo?»
«Hallo, ich bin's.»
«Zoki? Du hörst dich schrecklich an, hast du was im Mund.»
«Nein, nein, nichts.»
Ich hörte verschreckt auf, meine Stimme zu verstellen, und legte auf. Verdammt, das war doch kein Spionagefilm! Ich starrte das Telefon an, es war grau, und sosehr ich es auch anstarrte, es half nichts.
«Hallo, Tata? Ich bin's nochmal.»
«Warum hast du aufgelegt?»
«Die Leitung wurde unterbrochen.»

«Oh.»
«Ich komme dich besuchen.»
«Oh.»
«Wo bist du?»
«Was?»
«Deine Adresse.»
«Ich hole dich ab.»
Ich legte erneut auf.
Was sollte ich denn *darauf* sagen? Dass ich das nicht wollte? Da würde er doch sofort misstrauisch werden.
Ich wählte Adrians Nummer.
«Er will mich abholen.»
«Wer?»
«Mein Vater. Er will mich abholen. Was soll ich tun?»
«Sag ihm, du weißt nicht, wann du kommen willst, du Idiot. Sag ihm, du willst es spontan machen.»
«*Spontam?*»
«Weißt du, was das heißt?»
«Nein.»
«Glaubst du, dein Vater weiß es?»
«Er weiß alles.»
«Dann sag ihm, du willst spontan vorbeikommen, das wirkt bestimmt.»
«*Spontam?*»
«S-P-O-N-T-A-N, okay?»
«Okay.»
Ich legte auf und starrte erneut das Telefon an. Es wurde an die Scheibe geklopft. Ich ließ die Frau rein und stand eine Weile in der Kälte herum. Dann war ich wieder an der Reihe. Die Telefonzelle roch nach Parfum. Mein Vater klang wütend.
«Sag mal, was treibst du da eigentlich?»
«Die Leitung, sie ist kaputt.»

«Warum rufst du nicht von zu Hause an?»
«Wegen Mama.»
«Oh.»
Wir schwiegen, ich zählte die Autos, die an der Ampel hielten, und überlegte zum tausendsten Mal, wie es wohl sein würde, als Zeitungshändler zu leben, solch einen Kiosk zu haben und jederzeit in einen neuen Comic reinschauen zu dürfen.
«Ich weiß nicht, wann ich kommen will», wiederholte ich Adrians Worte, «und deswegen kannst du mich auch nicht abholen. Ich ... ich will spontam vorbeischauen.»
«*Was* willst du?»
«Spontam vorbeischauen.»
«Was meinst du mit *spontam*?»
Ich konnte jetzt nicht wieder auflegen, und ich kam nicht darauf, ob Adrian mir das Wort erklärt hatte oder nicht. Also sagte ich mit einem Hüsteln irgendetwas, was im Straßenlärm unterging.
«Was?»
«... könnte ich die Adresse haben», sagte ich, «falls ich mal ...»
Er gab sie mir. Ich krakelte sie auf meinen Unterarm, drückte so fest mit dem Kuli auf, dass ich mir beinahe die Haut aufritzte.
«Umarm Susa von mir», sagte Vater zum Schluss.
«Natürlich», sagte ich.
«Ist sonst alles okay?»
«Ich fühl mich ein wenig krank», sagte ich ein wenig krank.
«Du solltest bei solch einer Kälte nicht draußen sein.»
«Ich weiß», antwortete ich und legte endgültig auf.

Er lebt doch / Klassenbester / Kinder der Siebziger / Daneben gepinkelt / Keine Lichter in den Fenstern / Silvester Nummer 10 / Der König der Diebe / Die Ahnungslosen / Spontan vorbeischauen / **Morgenschicht**

Vier Tage darauf hatte ich die zwei Briefe sauber und ordentlich gefälscht, in Umschläge gesteckt und adressiert. Ich hatte vor, sie am nächsten Morgen in den Briefkasten zu werfen, wenn ich mich auf dem Weg zur Schule befand.
Am Montagabend gab es eigentlich nie etwas Anständiges im Fernsehen. Nur Familienserien, die mich anödeten, keine Krimis, nichts Aufregendes. Ich musste auf den Dienstag warten, da kam im dritten Programm das Gruselkabinett. Das gefiel mir. *Monstren, Mumien, Mutationen.* Ah, wie ich dieses Motto liebte.
Also Montagabend – Erdnüsse aus der Dose, ein Glas Milch und das Wetter wie immer bitterkalt. Mutter hatte Eierkuchen gemacht, und ich fühlte mich gestopft und voll. Susa saß in einem der Sessel und schaute eine Quizsendung, Mutter war in eine ihrer vielen Liebesromanzen vertieft und mir war langweilig. Keiner beachtete mich. Eine Weile saß ich in der Küche und probierte, aus Spielkarten ein Haus zu bauen, dann aß ich weitere fünf Eierkuchen, doch das brachte es nicht wirklich.
Die Uhr zeigte fünf nach zehn. Dunkel draußen. Anrufen konnte ich keinen mehr, nicht um diese Zeit, also spazierte ich unruhig durchs Wohnzimmer ins Kinderzimmer. Keine neuen Bücher, keine Comics. Vielleicht sollte ich es mal mit

der Bücherei probieren? Die Fenster im Vorderhaus waren dunkel, nicht einmal bei Nicki im Bad brannte Licht.
Ich saß auf meinem Bett. Öde. Ich konnte schlafen, wenn ich aber jetzt schlief, war ich am Morgen schon um fünf wach. Und was tat ich dann?
Im Wohnzimmer war aus der Quizsendung ein französischer Dreiteiler geworden. Ich hatte den ersten Teil verpasst, und Susa versuchte mir zu erzählen, was bisher geschehen war:
«Der Mann da mit dem Schnurrbart hat sein Geld beim Wetten verloren. Pferde. Er ist dahin gegangen und hat all sein Geld verloren. Dann wurde er erwischt, als er klaute. Auf dem Markt. Er hatte nichts mehr zu essen und wurde erwischt, wie er Äpfel klaute. Paar Äpfel. Das neben ihm ist seine Schwester. Sie ist wütend, denn sie musste ins Gefängnis kommen, um ihn zu holen. Er will nicht in seine Wohnung. Das ist eine schöne Wohnung. Warum er nicht zurückwill? Er hat die Miete nicht gezahlt. Ah ja, da ist auch eine Frau. Die ist schwanger und wartet, dass er kommt. Das ist seine Frau, die dort mit dem Hut.»
Ich sah mir seine Frau an. Okay, es war nicht schön, dass er in der Patsche saß, aber die Gründe, die waren ja der Witz. Wetten auf Pferde. Solch ein Schwachsinn. Ich wusste, wenn ich das Adrian oder Karim erzählte, würden die mich für blöde halten. Was kann man schon auf Pferde wetten? Wie schwer sie sind oder was?
Mitten in der zweiten Folge von *Paris weint um dich* sagte Mutter, wir sollten schlafen gehen. Das war typisch. Susa murrte, und ich murrte, aber wir verzogen uns, denn da war eine Schärfe in Mutters Stimme, die Ärger verhieß, wenn wir nicht hörten.
Im Bett starrte ich die Zimmerdecke an und überlegte, was der Franzose jetzt wohl tun würde. Würde er seine Frau verlas-

sen? Würde er eine Bank überfallen oder ein Pferd entführen, um es für einen großen Batzen Lösegeld zu verscherbeln?

Die Nacht wurde mein Feind. Nicht müde zu sein und schlafen zu müssen war verbrecherisch. Zudem war in der Nacht zuvor die Glühbirne von meiner Lampe durchgebrannt, sodass ich nicht mal in uralten Comics blättern konnte. Ich saß in der Falle. Und es kam, wie es kommen musste: Ich schlief ein und schlug Punkt fünf Uhr früh die Augen auf. Draußen war es duster. Es hätten zehn Minuten vergangen sein können, aber nein, die Uhr wusste besser Bescheid.

Hellwach kaute ich auf meiner Unterlippe. Was für ein Mist auch. Wahrscheinlich war ich nicht nur aus diesem Grund wach. Die Briefe an meine Eltern würden heute abgeschickt werden. Ich hatte das ungute Gefühl, erwischt zu werden. Während ich mir ausmalte, was mir dann bevorstand, wurden im Vorderhaus die ersten Leute wach. Ich sah Lichter angehen und hörte die Schritte von denen, die von der Nachtschicht kamen, kurz darauf die Schritte derer, die zur Morgenschicht antraten. Tacktock gingen sie über den Hinterhof, während ich in meinem warmen Bett lag und nichts Besseres zu tun hatte, als mir den Kopf zu zerbrechen, wie das Leben von Vater und Mutter weiterging.

So stimmte das aber auch nicht, denn um ehrlich zu sein, zählte für mich nur, wie mein Leben weiterging.

Das Bett im Wohnzimmer knarrte. Mutter war wach und bewegte sich. Ich hörte sie husten, dann stand sie auf und ging in die Küche, um Kaffee aufzusetzen.

Manchmal saß ich schon frühmorgens am Tisch und erwartete sie. Das mochte Mutter, auch wenn sie es nie zugegeben hätte, so mochte sie es, mich dort sitzen zu sehen. Dann nahm ich Anteil an ihrem Leben und war nicht einfach nur jemand, der durchgefüttert werden musste. Ich glaube, in solchen Momenten zeigte ich ihr, dass ich sie akzeptierte – ihre Arbeit, ihre Kraft und dass sie alles Erdenkliche tat, um mich und meine Schwester großzuziehen.

Nachdem sie Kaffee aufgesetzt hatte, ging sie ins Bad, um sich zu waschen. Anschließend zog sie sich an und trank Kaffee und rauchte ein paar Zigaretten, bis es Zeit wurde, zu gehen.

Bevor sie im Bad war, schwang ich mich aus dem Bett.

Ich hatte vor, sie zu überraschen.

Genau danach fühlte ich mich.

Sobald sie im Bad verschwand, würde ich mich in die Küche schleichen, um ihr ein paar Brote zu schmieren. Sie nahm nie Brote mit in die Firma, aber das war okay. Ich würde die Brote essen. Die Geste zählte.

Als das Schnappen der Badezimmertür erklang, spähte ich ins Wohnzimmer. Mutter öffnete immer das Fenster, wenn sie aufstand, um den Schlafgeruch zu vertreiben. Ich ging zum Fenster und schloss es. Meine Zähne klapperten, so verflucht kalt war es. Ich nahm mir Socken aus dem Schrank im Flur, steckte meinen Kopf in einen Pullover, lauschte dem Knistern der Wolle.

Das Radio in der Küche dudelte schon. Ich stellte eine Tasse für Mutter auf den Tisch, dazu die Kaffeesahne, und legte einen Löffel daneben. Anschließend schmierte ich zwei Brote, klappte sie zusammen und wickelte sie in einen Plastikbeutel. Das sah nett aus, wie es da auf dem Tisch lag.

Der Boiler sprang an, Wasser rauschte. Jetzt wusch sie sich das Gesicht oder duschte vielleicht. Ich nahm mir eine Tasse aus dem Schrank, füllte sie zu einem Drittel mit Milch, einem Drittel mit Kaffee. Das letzte Drittel war für Zucker reserviert.

So saß ich in der Küche, knackte mit den Zehen und blätterte in einem *Quelle*-Katalog. Ich sah mir Fahrräder, Musikanlagen und Fußbälle an, hörte dem Sprecher im Radio zu, wie er die Sechs-Uhr-Nachrichten vorlas, trank meine Tasse leer und schaute in sie hinein. Der Boiler hatte seit langem aufgehört, ich erwartete jeden Moment, dass Mutter aus dem Bad kam.
Sie kam nicht.
Vom Hof her quietschte die Verbindungstür zum Vorderhaus, jemand nieste, jemand schloss ein Fenster, dass der Hall von Glas neblig in der Luft hing. Vielleicht saß Mutter auf dem Klo, auch wenn ich mir das schwer vorstellen konnte, so musste auch sie hier und da mal ihre Zeit auf dem Klo absitzen.
Ich blickte zur Uhr. Zwanzig nach sechs musste sie los, da blieben ihr noch zehn Minuten.
Das Rauschen der Autobahn wurde kräftiger, der Sprecher im Radio erzählte von einer Frau, die am Wochenende sechs Richtige im Lotto gehabt hatte und nun als Gast im Studio war.
Ich holte mir einen zweiten Kaffee, schaute nervös in den Kühlschrank und ging in den Flur.
«Mama?»
Sie würde zu spät kommen, das wollte ich nicht. Andererseits wollte ich auch nicht, dass sie zur Arbeit fuhr. Ich wünschte mir, das würde aufhören. Die Vorstellung, genug Geld zu haben, um sich um nichts anderes als das Wetter und das Fernsehprogramm zu kümmern, war so süß, dass ich deswegen glatt heulen konnte. Sechs Richtige im Lotto! Alles würde sich verändern, wir würden Zeit und nochmals Zeit haben, schlafen, solange wir auch nur konnten, und eine Menge Sachen kaufen.
Ich klopfte leise an die Badezimmertür. Okay, jetzt war es keine Überraschung mehr, aber es wäre andererseits eine bit-

tere Überraschung für meine Mutter, wenn sie zu spät losfuhr.
«Mama? Du musst los. Dein Kaffee wird kalt. Ich habe dir Brote geschmiert.»
Als Antwort auf meine Worte, klopfte meine Mutter zurück.
Einmal. Zweimal.
Pause.
Ein drittes Mal.
Ich drückte die Klinke hinunter und zog die Tür auf.
Mutters Hand schwebte vor meinem Gesicht, ich sah ihren Arm hinauf und über die nackte Schulter auf ihre geschlossenen Augen, die wie gelöschte Kerzen aussahen.
Mutter hatte den Gürtel des Bademantels um ein Wasserrohr geknotet, straff lag er um ihren Hals. Dünnes, helles Blut floss ihr aus der Nase, Speichel aus dem Mund. Der Zeigefinger ihrer linken Hand zuckte vor meinem Gesicht.
«MAMA!»
Mit einem Satz sprang ich auf die Waschmaschine und probierte an den Knoten heranzukommen. Ich schob meine Finger in die Schlinge, berührte Mutters Gesicht, redete dabei, summte, balancierte auf der Waschmaschine und brach mir die Fingernägel an dem Knoten. Ich tat alles gleichzeitig, hatte sechs Arme und vier Herzen, die pumpten und pumpten, bis der Knoten sich löste und meine Mutter zuckend und um sich schlagend zusammenbrach.

Die Gesellschaft der Schweine / Mein Cousin / Jasmin / Und? / Elis Moral / Al Capones Nachfolger / Die Mutter des Griechen / Ein Mordskerl in Rage

Zweiter Teil

Die Gesellschaft der Schweine / Mein Cousin / Jasmin / Und? / Elis Moral / Al Capones Nachfolger / Die Mutter des Griechen / Ein Mordskerl in Rage

Mit zehn Jahren in einem Baum über dem Schweinestall zu sitzen war um einiges angenehmer, als den Eltern zuzusehen, wie sie sich im Haus der Großmutter anbrüllten. Deswegen saß ich hier oben auf einem Brett zwischen zwei Ästen. In Sicherheit.

Wandte ich den Kopf, erblickte ich über meine Schulter hinweg den Fluss, den Großmutter Miriam vor einer halben Stunde überquert hatte, um in die Stadt zu kommen. Na ja, ich sah den Fluss beinahe. Was ich sah, war die Böschung, graue Steinplatten, die zum Wasser hinabführten. Das Wasser selbst sah ich nicht, ich konnte es hören.

Großmutter Miriam war einkaufen, und ich wusste, sie würde bald über die Holzbrücke zurückkommen, den faustgroßen Löchern darin ausweichen, um dann direkt durch den verwilderten Garten auf ihr winziges Haus zuzugehen. Sobald das Quietschen des Gartentors erklang, würde das Gebrüll meiner Eltern verstummen.

Unter mir lagen Großmutters Schweine. Sie blickten nicht hoch. Das hatten sie hinter sich. Ich war uninteressant, kein Grund, sich wegen mir den Nacken auszurenken. Dieser dürre Junge auf dem Baum über ihnen konnte sie nicht mehr zum

Narren halten. Das bekam ich zwei Tage vorher mit. Da stellten sie einem der Hähne eine Falle. Ich hätte nie gedacht, dass ein Hahn so dumm sein kann. Und ich hätte nie gedacht, dass Schweine so geschickt sein konnten.

Großmutter Miriam schloss nie das Gatter. Sie meinte, das würde wenig bringen, Schweine haben ihren eigenen Willen und können das Gattertor niederreißen, wann immer ihnen danach ist. Das geschah bisher vierzehnmal. Meine Großmutter hatte keine große Lust auf ein fünfzehntes Mal, deswegen ging den Schweinen vor zwei Tagen der Hahn in die Falle.

Ich saß wie üblich auf diesem Brett, baumelte mit den Beinen und aß Pflaumen. Die Pflaumen hingen um mich herum. Rechts und links, vorne und hinten, über und unter mir. Oft klaubte ich Maden aus meinem Haar, manchmal spuckte ich einen Mund voll Pflaumenfleisch aus, weil es auf meiner Zunge kitzelte. Maden überall. Der Baum wurde nicht gespritzt, seine Früchte waren dick und schwer und süß vom Sommer.

Und wie ich mit Kernen nach den Schweinen spuckte, bemerkte ich, dass irgendwas nicht stimmte. Sie waren so still. Eines der Schweine rannte sonst immer im Kreis und schnappte sich die Kerne. Nichts da.

Das Gatter war einen Spalt geöffnet. Am Abend half ich Großmutter, jene Schweine, die sich davongemacht hatten und im angrenzenden Maisfeld rumirrten, einzufangen. An diesem Tag waren alle acht im Gatter; sie lagen reglos auf dem Boden, Augen halb geschlossen, und betrachteten das Gattertor. Und da kam der Hahn schon. Sehr vorsichtig lugte er um die Ecke, hob und senkte dabei den Kopf.

Sobald die Schweine draußen waren, machten sich die Hühner über das Innere des Gatters her. Da gab es Leckerbissen, die mir den Magen umdrehten, aber ich war ja auch kein Huhn. Vor den Schweinen hatten sie Respekt. Kein Huhn wagte sich rein, wenn ein Schwein im Gatter lag. Der Hahn schob den Tapferen.

Vielleicht dachte er, die Schweine würden schlafen – falls ein Hahn den Unterschied kennt –, auf jeden Fall foppten sie ihn. Der Hahn kam näher, jeder Schritt majestätisch präzise. Hier kam jemand, der sich nichts vormachen ließ. Er zögerte und pickte dann nach einer Melonenschale. Die Melone hatte ich mir zum Mittag mit meiner Schwester geteilt, etwas rotes Fruchtfleisch befand sich noch an der Schale. Das schnappte sich der Hahn. Als er damit fertig war und die Schweine noch immer nicht gezuckt hatten, nahm er Kurs auf den Rest eines Bohneneintopfs. Er war jetzt mutiger. Einen ganzen Meter kam er herein, sah sich listig um und pickte drauflos. Die Schweine blieben reglos. Ich bewunderte ihre Geduld, obwohl ich langsam glaubte, sie wären längst an einem Hitzschlag gestorben.

So gesehen hatten sie auch mich gefoppt.

Bevor der Hahn mit den Resten des Bohneneintopfs fertig war, kamen alle acht Schweine wie auf ein lautloses Zeichen hin auf die Beine. Der Hahn machte einen verschreckten Sprung in die Luft.

Das Schwein mit den grauen Striemen über der Schnauze flitzte aus dem Gatter. Ich dachte, das wäre es gewesen. Sie hatten dem ach so klugen Hahn einen Mordsschrecken eingejagt. Getäuscht. Bevor der Hahn wieder auf dem Boden aufsetzen konnte, schob das Schwein mit den grauen Striemen die Gattertür mit seiner Schnauze von außen zu.

Ade, Hahn.

Sie spielten mit ihm, all sein Gehacke und Herumgehampel half nichts. Einmal wäre er fast auf meinem Fuß gelandet. Ich

gab ihm einen Tritt, und er fiel hinunter. Die Schweine grunzten alle mächtig, das Grunzen klang wie Gekicher. Der Hahn zischte, er war wild und verloren. Dann nahmen sie ihn richtig in die Mangel.
Später kam das Schwein mit den grauen Striemen dazu. Ein paar flammend rote Federn blieben übrig. Das war alles.
Großmutter Miriam bemerkte das erst am Abend. Sie gab den Schweinen Tritte und drohte, zwei von ihnen zu schlachten, wenn das so weiterging.
Die Schweine kicherten nur.
Mir erklärte sie, das wäre schon mal passiert. Letztes Jahr ging ihnen eine Katze in die Falle, vorige Woche beinahe ein Mädchen, das mit seiner Mutter auf Besuch vorbeigekommen war.
Heute planten die Schweine nichts. Sie schauten mich nur gelangweilt an, wenn ich ihnen die Kerne auf den Kopf spuckte. Sie sahen, ich war ein Bluff. Und wenn ich mal eine Pflaume warf, taten sie, als ob sie sie nicht beachten würden. Ich wusste aber, dass sie wussten, dass es kein Kern war. Es waren intelligente Schweine.

Das Gartentor knarrte und fiel ins Schloss. Die patschenden Schritte meiner Großmutter kamen über den Beton zur Haustür, und meine Eltern verstummten.
Ich drehte mich um.
Meine Mutter kam raus. Sie sprach ein paar Worte mit ihrer Mutter und blieb dann auf der Veranda vor dem Haus stehen. Großmutter Miriam ging hinein. Mutter seufzte laut. Sie wusste nicht, dass ich sie sah. Sie stand da, die Arme vor der Brust verschränkt, und dachte nach.
Ihr Haar war platinblond gefärbt. Über Jahre hinweg glaubte ich, sie hätte blonde Haare. Dabei hatte meine Schwester

keine, auch ich nicht; mein Vater, meine Großmutter und alle anderen Verwandten sind braunhaarig.
Meine Mutter, sagte ich mir, muss was Besonderes sein, mit all diesem Blond.
Ich stieß zufällig auf die Wahrheit, als Mutter einmal an der Pumpe stand und den Kessel für Kaffee füllte. Sie beugte sich vor, pumpte und pumpte, dabei sah ich ihren Scheitel, dunkel schimmerte das Braun hindurch. Wir sind also alle gleich.
Meine Schwester kam auch raus auf die Veranda, stellte sich hinter den Rücken meiner Mutter und sagte was. Ich konnte nie verstehen, wie es Susa aushielt, mit meinen streitenden Eltern in einem Raum zu sein. Mutter nickte und ging hinein, meine Schwester kam auf den Obstgarten zu.
Es gab kein Klo im Haus meiner Großmutter. Seitdem sie hier lebte – dreißig Jahre – ging sie den Weg, den Susa jetzt nahm. Da stand eine schmale, farblose Hütte. In der Hütte befand sich ein Plumpsklo. Ich hasste es. Ich hasste die Fliegen und den Gestank. Wenn es ging, hielt ich mich so lange zurück, bis wir in einem Café waren oder bei meiner Tante, die im Stadtzentrum wohnte. Und wenn ich es wirklich nicht mehr aushalten konnte, dann hockte ich mich lieber in die Büsche. Genau das tat meine Schwester. Ich denk mal, sie musste nur pinkeln. Und ich denk mal, auch sie hatte keine Ahnung, dass ich auf dem Hauptmast saß und ihr zusehen konnte.
Da hockte sie also und pinkelte. Arme Mädchen, die sich dafür hinhocken mussten. Wie Hunde. Das war wirklich kein Spaß.
Ich griff mir eine Pflaume und warf nach ihr. Die Pflaume landete im Gras, meine Schwester schreckte hoch. Ich hätte wetten können, sie hatte sich ihre Unterhose nass gemacht, als sie aufstand und sich umsah.
Ich warf noch eine Pflaume und traf sie am Arm. Schließlich entdeckte sie mich.

«Penner!», rief sie.

Ich sagte nichts. Susa stampfte wütend ins Haus zurück. Es stand noch nie gut zwischen uns, und es gab keinen Grund, die alte Feindschaft abklingen zu lassen.

Die Schweine blickten auf.

Ich spuckte auf ihre Rücken.

Die Gesellschaft der Schweine / **Mein Cousin** / Jasmin / Und? / Elis Moral / Al Capones Nachfolger / Die Mutter des Griechen / Ein Mordskerl in Rage

Vater war nach Mutters Selbstmordversuch zurückgekommen. Von einem Tag zum anderen schlief er erneut neben ihr im Doppelbett, aß mit uns an einem Tisch und redete, als ob in den Wochen und Monaten zuvor nichts geschehen wäre. Mit ihm kehrte auch sein Geruch wieder.

Meine zwei gefälschten Briefe waren überflüssig. Ich verbrannte sie im Keller, während Discomusik aus dem Radio dudelte und Adrian andächtig zur Seite sah.

Hatte ich geglaubt, diesen Sommer in Berlin verbringen zu können, warf Vaters Rückkehr alle Pläne über den Haufen.

Ich ließ die Jungs zurück, ließ meine Hoffnung auf Ferien mit ihnen und dem Fußballplatz weit, weit zurück und tauschte sie gegen ein zwölfstündiges Kotzgefühl im Auto; tauschte all das gegen die Streitereien meiner Eltern und die zischende Hitze Jugoslawiens; tauschte Sprachen und Gesten, das Essen und die Namen. Statt Adrian sagte ich Mirko, statt Karim Damir. Nur einer konnte nicht ausgetauscht werden, weil es einen wie ihn in Berlin nicht gab. Das war mein Cousin Michael.

Mein Cousin Michael war ein rauer Knochen. Sechs Jahre älter als ich, rauchte er, was das Zeug hielt, und ließ sich von keinem was sagen. Er lebte schon von klein auf bei meiner Großmutter, weil sie die Mutter seines toten Vaters war. Michaels Mutter arbeitete als Kellnerin in einer anderen Stadt und wohnte dort mit einem anderen Mann zusammen. Sie besuchte Michael nicht oft, alle hielten sie deswegen für schlecht und gemein. Doch mein Cousin sagte, sie wäre okay, also fand ich sie auch okay.

Jedes Mal, wenn ich bei Großmutter zu Besuch war und Michaels Mutter vorbeikam, kochte sie uns beiden Schokoladenpudding. Mein Cousin liebte Schokoladenpudding. Wenn wir in der Küche saßen und darauf warteten, den Topf leer kratzen zu dürfen, geschah es oft, dass seine Mutter ihn lange anblickte, lautlos anfing zu weinen und dann die Arme um ihn warf. Mein Cousin sagte, das würde daran liegen, dass er seinem toten Vater so ähnlich sah.

«Und weil sie dich mag», antwortete ich immer.

«Ja», sagte er, «natürlich auch weil sie mich mag.»

Die Nächte nach dem Besuch seiner Mutter sprachen wir lange miteinander, flüsternd, damit Großmutter, die neben uns auf der anderen Hälfte des Ehebettes lag, nicht wach wurde. Michael erzählte, wie er eines Tages mit seiner Mutter zusammenleben würde. Er verehrte sie und nahm ihr nichts übel. Auch er wollte Kellner werden.

Ich sagte, dass ich mir das gut vorstellen konnte.

Wenn ich dann einschlief, rollte ich mich eng an seiner Seite zusammen, und er fummelte durch mein Haar. Ich wusste nicht, wo er das herhatte, aber er liebte es, in meinem Haar herumzuspielen.

Einmal wurde ich davon wach. Michael lag tief schlafend neben mir, und seine Finger streckten und formten meine Locken.

Am Morgen aßen wir dann die letzten Schalen mit Pudding,

und wenn wir den Abwasch gemacht hatten, war seine Mutter bis zum nächsten Besuch vergessen.

Mein Cousin Michael war mehr als ein rauer Knochen. Wann immer die Polizei ihn festnehmen wollte, weil er ohne Lizenz angelte, bot er ihnen eine Zigarette an und plauderte eine Weile. Sie kannten ihn, er kannte sie. Ich erfuhr nie, was er ihnen alles erzählte. Aber was es auch war, anscheinend schüchterte er sie damit mächtig ein, denn sie fuhren auf ihren kleinen Mopeds davon und ließen ihn laufen.
Ich hatte Panik vor diesen Polizisten. Ich wusste, ich würde mich nicht rausreden können. Ich hatte auch nie Zigaretten dabei. Mich kannte kein Mensch.
Als sie mich dann erwischten, schwitzte ich Blut und Wasser. Es war unter der Brücke, dort wo der Fluss still dahinfloss und sich die Fische in der sonnenbeschienenen Kühle wälzten.
Ich stand kurz vorm Heulen. Der Polizist hatte mich am Kragen gepackt und war eben dabei, meine Angel in winzige Einzelteile zu zerbrechen, als Michael über die Brücke geschlendert kam. Ich sah ihn und rief laut seinen Namen. Er blieb stehen und blickte durch eines der faustgroßen Löcher im Holz der Brücke, dann kam er über die Böschung zu uns herunter.
Der Polizist legte fluchend los, meine Verwandten und meinen gesamten Stammbaum zu beschimpfen. Mein Cousin holte seine Zigaretten hervor und sagte zu mir, ich sollte zu Großmutters Haus hochlaufen, er würde gleich kommen. Der Polizist nahm eine Zigarette, mein Cousin gab ihm Feuer. So wurde ich gerettet.

Der raue Knochen war auch ein Frauenjäger. Als er mir von seinem Mädchen erzählte, hing ich an seinen Lippen und konnte es nicht oft genug hören. Er sagte, sie würde in der Stadt wohnen, und wann immer ihre Eltern auf Arbeit waren, ging er vorbei, und sie öffnete ihm die Tür in ihrem Nachthemd.

Ich musste schlucken, als er das Wort *Nachthemd* sagte.

«Und dann?»

«Dann zieht sie sich aus und steht nackt da und sagt, ich soll mich auch ausziehen.»

«Und das machst du?»

«Das mache ich dann. Ziehe mich aus, klar? Und dann bums ich sie.»

«Wie lange?»

«Zwei, drei Stunden, bis sie nicht mehr kann und die Nachbarn gegen die Wände und die Decke schlagen, weil das Bett so laut knarrt und sie so laut schreit und stöhnt. Manchmal muss ich ihr die Hand auf den Mund legen, so laut ist sie.»

Er zeigte mir dann kleine Wunden an seinen Händen, die sollten von ihren Zähnen sein.

«Und du gehst da hin, wann immer du willst?»

«Wann immer ich will.»

«Und du bumst sie dann?»

«Wie ein Stier, sie kann gar nicht genug bekommen.»

Ich hatte keine Ahnung, wie *Bumsen* ablief. Ich stellte mir etwas Vages und Unheimliches darunter vor. Und ich war gebannt von der Tatsache, dass das Mädchen schrie und stöhnte. Wieso sollte ein Mensch schreien und stöhnen, außer unter Schmerzen?

Aber diese Frage stellte ich meinem Cousin nicht. Er hätte mich ausgelacht.

Die Gesellschaft der Schweine / Mein Cousin / **Jasmin** / Und? / Elis Moral / Al Capones Nachfolger / Die Mutter des Griechen / Ein Mordskerl in Rage

Sie hieß Jasmin und war auch zehn. Ihr Bruder Nenad war fünf Jahre älter, aber er war nicht wichtig, niemand war in diesen Ferien wichtig. Außer Jasmin.

Es war in der Mitte des Sommers. Die ganzen Jugendlichen, die um den Fluss herum wohnten, sammelten sich zum Abend hin auf der Brücke. Die Brücke über den Fluss war der Treffpunkt, sobald die Dämmerung hereinbrach. Da standen sie dann alle, lehnten am Geländer, rauchten und alberten herum. Ich war ein Fremder unter ihnen. Ich war nicht hier geboren, und ich lebte nicht hier. Meine Mutter kam zwar aus der Stadt, aber das zählte nicht. Ich war ein Kroate und lebte in Berlin. Diese Kombination war ein Mysterium für alle, also war auch ich eins.

Ich ging nur mit auf die Brücke, wenn mein Cousin dabei war. So lernte ich Jasmin kennen. Sie kam nur auf die Brücke, wenn ihr älterer Bruder sie mitnahm. Wahrscheinlich waren Jasmin und ich die Jüngsten an diesem Abend, oder es lag daran, dass wir als Einzige nicht rauchten – weshalb auch immer, wir kamen ins Gespräch.

Sie fragte mich, wo ich herkam.

Ich sagte ihr, wo ich herkam.

Sie fragte, ob ich rauchen würde.

Ich sagte, ab und zu, ging zu meinem Cousin, holte mir eine Zigarette und steckte sie an. Jasmin nahm auch einen Zug. Unsere Augen begannen zu tränen. Wir sahen aneinander vorbei in die Nacht. Jasmin wollte meine Hand sehen. Ihre Mutter war eine Wahrsagerin, Jasmin hatte von ihr gelernt. Sie las mir aus der Hand. Wir beugten unsere Köpfe über meine Handfläche, und immer, wenn ich an der Zigarette zog, leuchteten unsere Gesichter auf. Jasmin sagte, ich würde bald eine Menge Geld bekommen.
«Unsinn», erwiderte ich.
Sie ließ meine Hand fallen und ging zu ihrem Bruder. Ich verschwand ins Haus meiner Großmutter und sah mir im Fernsehen einen Krimi an.
Das nächste Mal bat ich Jasmin, aus meiner Hand zu lesen. Sie sagte, wozu, ich würde ja so und so nicht daran glauben. Ich sagte, sie müsste mich bloß überzeugen. Okay, sagte sie und nahm meine rechte Hand. Ich öffnete sie, und dann lachte Jasmin, und auch ich lachte, und von da an waren wir Freunde.
In meiner verschwitzten Handfläche stand mit rotem Filzstift geschrieben: HUHU!

Angeln war damals so eine Sache, die ich fast mehr liebte als Fußball oder Comics. Und Jasmin war ein Profi. Sie sagte, sie hätte es von ihrem Vater gelernt, der jetzt in einer Großstadt lebte, weil ihre Mutter ihn nicht mehr wollte.
So nahm mich Jasmin mit zum Angeln.
Wir trafen uns in der Morgendämmerung. Am Vorabend hatte ich unter Steinen nach Ködern gesucht. Da gab es diese komischen Larven, die sich in Röhren aus aneinander gepappten Sandkrümeln versteckten. Wie Zigaretten ohne Inhalt und viermal kleiner. Die Larven darin waren sicher keine Larven, ich nannte sie so, weil mir nicht klar war, was sie sonst

sein sollten. Ich pflückte diese Röhren von der Unterseite der Flusssteine und legte sie in ein leeres Marmeladenglas, das mir meine Großmutter gegeben hatte. Als so an die hundert Stück zusammen waren, kehrte ich nach Hause zurück.
Jasmin war am nächsten Morgen baff. Sie sagte, damit könnten wir ja den ganzen Tag angeln. Mir gefiel der Gedanke, den ganzen Tag mit ihr zu verbringen, also sagte ich:
«Ach, das ist doch nichts.»
Wir fanden einen schattigen Platz weit unten am Flussufer. Wer uns finden wollte, musste schon eine Weile suchen.
«Hier», sagte Jasmin, «das ist die Stelle, die mein Vater mir gezeigt hat, wir müssen jetzt ganz leise sein.»
Ich war stolz, dass sie mich hierher geführt hatte. Wir wurden ganz leise, und da es nichts anderes zu tun gab, als ab und zu die Angeln einzuholen, blieb mir genug Zeit, Jasmin zu betrachten. Sie fand das in Ordnung und lächelte, wenn sie meinen Blick bemerkte, ohne mich dabei anzusehen.
Ihr Haar war schulterlang und hellbraun. Da waren Massen von Sommersprossen in ihrem Gesicht, weich die Wangen, die Augen grün. Jasmin hätte aus einem Traum sein können, aber sie war aus Paracin, der Geburtsstadt meiner Mutter, und sie war meine erste Liebe.

Um den Mittag herum flüsterten wir. Jasmin meinte, die meisten Fische wären um diese Zeit taub, was natürlich nur eine Ausrede war, um mit mir zu reden.
«Was willst du mal werden?», fragte sie.
«Koch», sagte ich, «und du?»
«Krankenschwester oder Kindergärtnerin. Ich mag kleine Kinder.»
«Ich mag sie auch», sagte ich, obwohl ich kleine Kinder nicht ausstehen konnte.

«Wie lebt es sich in Berlin?»
«Super.»
«Glaubst du, du würdest mich heiraten?»
«Wo würden wir dann leben?»
«Nicht hier.»
«Warum nicht hier?»
Sie zögerte, dann sagte sie langsam und mit Pausen zwischen den Worten:
«Ich würde gerne von hier wegkommen. Ich mag das hier alles nicht.»
«Wo wohnt denn dein Vater?»
Sie sagte mir, dass er in Belgrad lebte.
«Das ist eine große Stadt», stellte sie fest, «ich bin gerne dort.»
«Okay, dann ist es abgemacht, dann werden wir dort leben. Du wirst im Kindergarten arbeiten, und ich werde in einem großen Restaurant Fischsuppe kochen.»
«Fischsuppe?»
«Das kann ich spitze.»
Sie lachte, dann erklärte sie, wie schwer das alles sei.
«Wo liegt das Problem?»
«Wir müssen noch zur Schule.»
«Das können wir auch in Belgrad machen.»
«Und wo wohnen wir?»
Ich brachte ihre Augen zum Leuchten, indem ich sagte:
«Bei deinem Vater!»

Zwei Stunden später beschlossen wir, dass sie ihrem Vater einen Brief schreiben sollte. Sie las ihn mir am nächsten Tag vor, als wir auf dem Bett meiner Großmutter lagen. Es war ein kluger Brief, sie bat darin, ihr Vater sollte uns schnell Geld für den Zug schicken, wir wollten heiraten. Danach schrieb ich

unter ihren Namen mit hohlen Schnörkeln *Zoran*, und wir steckten den Brief in einen Umschlag. Wir hatten keine Briefmarke, darum entschieden wir, abzuwarten, bis mein Cousin kam, um ihn zu fragen, ob er eine hätte. Wir trauten uns nicht zu zweit in die Stadt. Ihre Mutter hatte keine Ahnung von dem Brief, und wir glaubten, wenn sie uns in der Stadt zufällig sah, würde sie sofort wissen, was wir vorhatten. Sie war ja Wahrsagerin, das durfte man nicht vergessen.
Also kramte ich Comics hervor, wir fläzten uns auf dem Bett und lasen. Es war angenehm, so nahe neben ihr zu liegen. Ich dachte, so muss sich Heiraten und Liebe anfühlen.
Die Comics verschlangen sich von selbst, je länger ich neben Jasmin lag. Sie muss meine Unruhe gespürt haben, denn als ich mich auf den Rücken legte, tat sie es auch. Wir waren Zentimeter voneinander entfernt, und schließlich trafen sich unsere Hände in dieser Lücke. Meine Finger waren nass, ihre Finger waren nass. Es klebte herrlich.
Das war alles.
Das war alles.
Das war alles.

Wir drifteten davon, sprachen kein Wort. Ich hatte meine Augen geschlossen, kleine Punkte tanzten in der Dunkelheit, und mit all meiner Konzentration schickte ich einen Kuss durch meine Finger zu ihr rüber. Es war wunderbar. Sie erwiderte den Händedruck und ich seufzte. Dann machte sich mein Mund selbständig und brach das Schweigen:
«Jasmin?», sprach er.
Wir richteten uns gleichzeitig auf, wie an Schnüren gezogen saßen wir plötzlich aufrecht. Dann holte mich Jasmin an der Hand ein Stück näher zu sich heran und platzierte einen kleinen, echten Kuss mitten auf meinen Mund.

Der Kuss machte kein Geräusch.
«Ich muss los», sagte sie.
«Okay», sagte ich.
Sie schwang sich vom Bett und weg war sie. Wir hatten alles vergessen. Der Brief lag auf dem Küchentisch, mein Cousin war noch nicht gekommen – aber das war jetzt egal, denn wir hatten uns geküsst.

Ich wusch mir das Gesicht zwei Tage lang nicht, dann regnete es, und ich wusste, die Magie war von meinen Lippen verschwunden. Den Brief an ihren Vater hatte ich unter einem Pullover versteckt. Ich wollte ihn Jasmin geben, aber ich kam nicht dazu, denn mein Cousin verbrachte jeden Tag mit mir, weil meine Eltern mit Susa irgendwelche Verwandten besuchen waren.
Wir gingen ins Kino oder saßen in Cafés, wo Michael mit Mädchen flirtete, während ich an Jasmin dachte.
Am dritten Tag stand sie weinend im Regen vor dem Haus meiner Großmutter. Ich hatte Brot eingekauft, der Kuss war fortgeschwemmt und da war plötzlich Jasmin.
«Was ist passiert?»
Jasmin schluchzte.
Es war alles herausgekommen. Ihr Bruder hatte mitgekriegt, dass wir uns sahen, dann hatte er ihr gedroht, und sie musste ihm erzählen, was wir geplant hatten.
«Er will den Brief», sagte sie, «und er sagt, er bringt dich um, wenn du mich noch einmal triffst.»
«Er bekommt den Brief nicht», sagte ich.
Jasmin weinte ein bisschen mehr, und ich versprach ihr, alles würde gut werden.
Ihr Bruder hasste seinen Vater, und er wollte nicht, dass ein Typ wie ich mit seiner Schwester davonrannte.

Wir gingen hinein, bekamen heißen Kakao und frühstückten dicke Scheiben warmes Weißbrot mit Butter und Pfirsichmarmelade. Ohne es zu wollen, erzählten wir meiner Großmutter, was unser Problem war. Sie blieb ernst und sagte, das müsste ich allein mit Jasmins Bruder klären, daran käme ich nicht vorbei.
«Ich verpass ihm eine!», sagte ich laut und schlug mit der Faust auf den Tisch.
«Bitte, tu ihm nicht weh», bat Jasmin.
Ich sah die Bewunderung in ihren Augen und versprach, ihm nicht wehzutun. Ich glaubte auch nicht daran, dass wir uns prügeln würden.

Der Regen hörte einfach nicht auf. Ich saß vor dem Fernseher und langweilte mich. Ich wollte, dass Jasmin wieder vorbeikam. Seitdem ich wusste, was ihr Bruder von mir dachte, konnte ich schlecht bei ihnen antanzen.
Da war ich also mitten in einem Zeichentrickfilm, als es ans Fenster klopfte.
Jasmin!, dachte ich und sprang auf.
Es war ihr Bruder.
«Morgen Mittag an der Flussbiegung!», rief er durchs Fenster.
Ich zeigte ihm die Faust.
Die kommende Nacht schlief ich schlecht. Jasmin musste ihrem Bruder von meiner Wut erzählt haben. Ich saß drin. Es gab keinen Ausweg.
Mein Cousin lachte, als ich ihn bat mitzukommen.
«Nein», sagte er, «das ist dein Ding.»

Um eins war ich an der Flussbiegung. Da war eine sandige Stelle, kurz bevor die Steinplatten schräg zum Wasser hinun-

terführten. Fünf Jungs hatten sich versammelt, drei Mädchen waren auch da und natürlich Jasmin und ihr Bruder.
Es regnete wie verrückt, man konnte die Gesichter nicht erkennen, nur wenn sich der Vorhang aus Regen etwas lichtete oder wenn man nahe an den anderen heranging.
Wir standen herum, Hände geballt, Schultern hochgezogen. Es war wie in einem Traum, keiner sprach ein Wort, wir standen einfach nur herum, vage Schlieren im Regen, und versuchten, den anderen über die schlechte Sicht hinweg auszumachen. Eine ganze Weile lang wusste ich nicht, wer wer war, bis ihr Bruder aus dem Kreis der Jungen hervortrat. Ein Mädchen hob die Hand, ganz kurz, schüchtern. Jasmin.
Rechts von mir rauschte der Fluss, ich sah ihn als ein dunkles Band, auf dem der Regen aufspritzende Krater hinterließ. Ich beschloss, ihren Bruder hineinzuwerfen, sobald ich mit ihm fertig war.
Wir gingen aufeinander zu. Blieben stehen. Gingen näher. Blieben stehen. Es erinnerte an zwei Züge auf einem Gleis, die sich aus verschiedenen Richtungen einander Stück für Stück näherten. Meine Fäuste schmerzten, so sehr ballte ich sie. Das Haar hing mir über die Augen. Ich sah aus wie ein Held, der auf die Kugel wartete. Dann kam seine Faust. Sie erwischte mich an der Brust, und ich fiel nach hinten. Da blieb ich liegen und sah in den Regen hinauf.
Der Schlamm um mich herum blubberte. Ich öffnete den Mund und fing die Tropfen auf. Sie schmeckten nach Zitrone.
Ich weiß nicht, wie lange ich mich nicht rührte, aber als ich mich aufrichtete, war keiner mehr da.
Es war so, als ob nie jemand da gewesen wäre.
Es war so, als ob ich seit Tagen hier im Schlamm liegen würde.

Meine Großmutter machte einen großen Aufstand, verpasste mir eine auf den Hinterkopf und schickte mich erneut in den Regen, damit ich mir an der Pumpe den Schlamm auswusch. Da stand ich dann heulend, Dreck floss in den steinernen Ausfluss, Dreck floss von den Haaren meine Wangen hinab und in den Pullover. Ich heulte und heulte und betete dabei um Jasmin, betete, dass sie vorbeikam, dass sie neben mir im Regen stand und hilflos mitheulte.
Sie kam nicht.

Sie kam nicht.
Nicht da und nicht später.

Seitdem sprach sie kein Wort mehr mit mir, und wenn wir uns zufällig auf der Straße begegneten, war es, als würden wir uns nicht kennen.
An jenem letzten Morgen dieser Sommerferien, bevor meine Eltern mit meiner Schwester und mir nach Berlin zurückkehrten, stieg ich von meinem Brett über dem Schweinestall herunter und ging zu der Stelle, wo Jasmin und ich zusammen geangelt hatten.
Unsere Spuren waren vom Regen verwischt. Es war so, als ob wir nie da gewesen wären.
Ich zerriss den Brief an ihren Vater in kleinste Stücke, dann beugte ich mich vor und legte sie vorsichtig auf das Wasser, als wären sie winzige Boote, die nicht kentern durften.
Der Fluss führte an Jasmins Haus vorbei.
Ich war mir sicher, sie würde hinausschauen und die Schnipsel entlangschwimmen sehen. Ich wusste, sie würde dann weinen – lange und schmerzhaft.

«Nichts und.»
«Ach komm, du, das war doch noch nicht alles.»
Ich nickte ernst, machte eine bedeutende Pause.
Gestern erst kam ich mit meinen Eltern aus Jugoslawien zurück, betrat ein Berlin, das neu und abenteuerlich roch. Meine Freunde waren braun gebrannt und genauso nervös wie ich. Für einige Minuten waren wir Fremde, bis wir uns wieder aneinander gewöhnt hatten.
«Was iss'n nun wirklich gelaufen?», wollte Karim wissen. Er hüpfte schon seit Minuten ungeduldig von einem Bein aufs andere. Adrian dagegen verzog keine Miene, sondern spuckte einmal gekonnt aus. Den brachte kaum was aus der Ruhe.
Ich zögerte und ließ die beiden etwas länger zappeln, dann verpasste ich es ihnen:
«Na, hab sie eben durchgebumst», sagte ich in der Art, wie es mein Cousin gesagt hätte. Etwas dreckig und etwas gemein.
Karim schluckte. Adrian bekam den Mund nicht zu.
Ich blieb cool wie ein Eiswürfel, über Adrians Schulter hinweg sah ich Eli kommen. Das satte Geräusch eines Schusses hallte von den Steinen oberhalb der Böschung wieder, dann stieg eine Staubwolke auf, als der Ball bei uns unten auftraf. Eli kam hinterher, eine fliehende Bewegung aus Haaren, Gelen-

ken und Muskeln. Ihm fehlten nur noch Flügel, dann hätte er problemlos abgehoben. Adrian ließ sich davon nicht ablenken, er schielte mich fragend an.
«Mann, wie oft?»
Adrian sah seine Position als Boss und oberster Macker gefährdet. Das wusste ich. Doch was konnte schon einen coolen Kerl wie mich berühren? Ich beachtete seine Frage nicht weiter und zockelte auf Eli zu. Adrian sollte sehen, dass ich alles im Griff hatte.
Eli dribbelte mit mir eine Runde, wir schubsten uns, traten dem anderen auf die Turnschuhe.
«He, was läuft?», fragte Eli und klemmte sich den Ball unter den Arm.
Adrian zeigte auf mich.
«Er sagt, er hat eine geknallt.»
«*Was?!*»
Eli fiel der Ball runter.
«Er hat sie volle Elle durchgebumst, du», sprach Karim und sah mich an, als wäre ich drei Meter sechzig groß. Ich spuckte locker in den Sand und verwischte es. Das mochte keiner von uns, in die Rotze des anderen treten.
Eli blickte mich schief an.
«Hast du wirklich?»
Ich nickte.
«Und?»
«Sie heißt Jasmin. Mehr weiß ich nicht. Sie wollte mich so sehr, dass ich nicht mal dazu kam, ihren Nachnamen rauszukriegen.»
Sie grölten, und ich wünschte mir, den Mund gehalten zu haben.
«Hast du überhaupt schon 'nen Schwanz?», wollte Adrian wissen.

«Schau doch nach.»
Adrian winkte ab und wurde ausgebuht. Karim schnappte sich den Ball und schoss uns beinahe die Nasen weg.
«Spinnst du oder was?», wollten wir wissen.
«He, wer geht rein?», rief Karim aufgeregt. «Mensch, wer geht denn jetzt rein?»
Wir spielten eine Runde Ausbooten, unser Lieblingsspiel. Jeder hatte am Anfang elf Punkte. Wer als Erster freiwillig ins Tor ging, startete mit dreizehn Punkten. Die anderen versuchten dann, dem im Tor ein paar Dinger zu verpassen. Dabei galten nur Schüsse, die aus der Luft genommen wurden, und das auch nur, wenn sie einem zugespielt worden waren. Schoss einer ins Aus oder gelang es dem Torwart, einen Torschuss aus der Luft heraus ins Aus zu köpfen, musste derjenige, der es verkackt hatte, zwischen die Pfosten. Jeder korrekte Treffer verringerte die Punktzahl des Torwartes. Wer 0 hatte, war ausgebootet und flog raus.
Ein Hammerspiel.
Erst mit der Dämmerung packten wir unsere Sachen. Eli schloss das Tor hinter uns und sagte, er würde mich gleich nach dem Abendessen anrufen, und ich erklärte, klar, das wäre in Ordnung.
Natürlich wollte er mehr über Jasmin wissen.
Adrian schob den Lässigen.
«Hat es sich zumindest gelohnt?», fragte er.
«Hat es.»
«Aha.»
Wir standen mit Karim noch eine Weile vor der Nummer 8 herum, bohrten mit den Hacken in den Pflastersteinen und laberten belangloses Zeug. Ab und zu sah einer die Fassade des schräg gegenüberliegenden Hauses hoch. Das war die Nummer 5, in der die Schwestern wohnten. Oberstes Stock-

werk, so wie ich. Das Licht in ihren Fenstern brannte, keine Schatten bewegten sich dahinter. Ich zog die Nase hoch und bemerkte Adrians Blick. Irgendwas hatte er vor.
Karim erklärte, er würde dann mal abziehen, und zog ab.
«Was denkst du?», fragte ich Adrian.
«Dass du nie mit deiner Jasmin gebumst hast.»
Ich holte tief Luft. In mir war solch eine Lust, Adrian eins auf die Fresse zu hauen, dass ich doch glatt mit den Zähnen knirschte. Er war ein blöder Besserwisser, nicht mehr und nicht weniger.
«Und warum?», fragte ich.
«Weil du keinen Pimmel hast», antwortete er.
«He, was soll der Blödsinn? Klar habe ich einen Pimmel. Was glaubst du denn? Bin ich 'n Mädchen oder was?»
Adrian zuckte mit den Schultern, als ob er es nicht wüsste, und blickte wieder an der Nummer 5 hoch. Die Schwestern gingen uns seit Monaten nicht aus dem Kopf.
«Was hältst du von Ines?», fragte Adrian.
«Ich mag Manja mehr.»
«Manja ist 'ne Milchhaut.»
«Sie ist süß.»
«Puppengesicht.»
«Ines ist knochig.»
«Na und?»
«Mag ich nicht.»
Wir schwiegen eine Weile, dann platzte es aus mir heraus:
«Mensch, wieso hab ich keinen Pimmel?»
«Weil du keinen hast.»
«Ist doch Scheiße.»
Adrian spuckte aus, verwischte es auf dem Kopfsteinpflaster.
«Komm mal mit.»

Wir gingen in den Hinterhof. Adrian zeigte auf die Steinstufen, die nach unten führten. Während er checkte, ob keiner von meiner Familie zufällig am Fenster stand und raussah, schlich ich in den Keller runter. Adrian folgte.
«Was jetzt?»
Adrian zündete zwei Kerzen an und setzte sich auf die Matratze, die wir vom Müll heimlich hierher geschleppt hatten.
«Na los, zeig her.»
Ich stand blöd im Raum herum.
«Was'n?»
«Deinen Pimmel.»
Ich zögerte, griff an meine Turnhose und zog sie runter.
«Siehst du», sagte Adrian.
Ich sah an mir herab.
«Was?»
«Kein Pimmel.»
«Was ist das sonst?»
Adrian stand auf und zeigte mir sein Ding. Es war behaart, das war der einzige Unterschied. Ich begriff aber, dass dieser Unterschied anscheinend einiges ausmachte.
«Und? Ja und? Was beweist das schon?»
«Ohne kannst du es nicht machen.»
«Wer sagt das?»
«Das kannst du überall nachlesen.»
«Wer sagt das?»
«Das ist so.»
«Scheiße», murmelte ich und ließ ihn allein im Keller zurück.

Die Gesellschaft der Schweine / Mein Cousin / Jasmin / Und? / **Elis Moral** / Al Capones Nachfolger / Die Mutter des Griechen / Ein Mordskerl in Rage

Mitten im Herbst beschlossen wir, das große Ding zu drehen.

Einkauf bei HERTIE nannten wir es.

Fingen unsere ersten *Einkäufe* mit Mars-Riegeln an, führten sie uns jetzt in die Wilmersdorfer Straße, wo wir alle Hemmungen ablegten. Es ging nicht mehr darum, dass wir kein Geld hatten, es ging jetzt darum, dass wir uns geschickt und listig nahmen, was wir wollten.

Meine drei Jungs waren dabei, dazu kamen Kirstin und Nicki. Karim wollte sich erst drücken, doch als Eli erklärte, das würde *die* Riesensache werden, bei der *keiner* fehlen durfte, gab es keinen Ausweg mehr für ihn.

«Okay, du, okay, hab schon kapiert», sagte er und wischte sich die verschwitzten Hände an der Hose ab.

Mit der U-Bahn fuhren wir zur Bismarckstraße und schlenderten die Wilmersdorfer hoch. Adrian hatte eine Plastiktüte dabei, die wollten wir füllen, dann raus und ab nach Hause, Beute aufteilen.

Vor *HERTIE* drucksten alle herum, wer die Tüte tragen sollte. Mir wurde das zu blöd und ich nahm sie.

«He, das ist mutig», piepste Nicki.

«Einer muss sie ja tragen», sagte ich trocken.

«Da iss was dran, Mann», gab mir Eli Recht und beklopfte meine Schulter, «da iss was dran.»
«Warum nimmst du sie dann nicht?», fragte ich ihn.
«Du weißt schon.»
Ja, ich wusste schon. Das war so eine Sache mit Eli. Er war immer dabei, wollte aber nie zu tief reingezogen werden. Wir hatten uns mal drüber unterhalten. Das war an dem Tag, an dem wir beschlossen hatten, das Rauchen mal so richtig auszuprobieren. Wir zwei allein. Eli hatte eine 10er-Packung Streichhölzer und eine Schachtel *Camel* besorgt, ich stahl aus dem Wohnzimmerschrank eine Schachtel *HB* von meiner Mutter. Im Lietzensee-Park schlugen wir uns dann in die Büsche und machten es uns auf der Erde gemütlich. Wir rauchten Pustebacke und verschlangen die Zigaretten mit einem Tempo, dass es aussah, als ob die Büsche um uns herum brennen würden.
«Schmeckt's dir?», fragte er mich.
«Na ja, kann's nicht so genau sagen.»
Da war kein Geschmack, nur ein unangenehmes taubes Empfinden im Mund und das Gefühl, freiwillig am Auspuff eines Autos zu hängen
«Also irgendwie kommt es gut», sagte ich dann.
«Na klar, gut kommt es.»
«Ist schon astrein, so zu rauchen.»
«Hat was, hat was.»
Eli hatte seine Zigarette kaum runtergepafft, als er eine neue rausfischte und anzündete. Ich machte es ihm nach.
«Das darfst du mir nie übel nehmen», bat er mich plötzlich.
«Was darf ich dir nie übel nehmen?»
«Dass ich manchmal aussteige.»
«Du meinst, dass du den Schwanz einziehst?»
«Mhm.»

«Und warum nicht?»
Er schwieg eine Weile, vier Zigaretten lang.
«Weil ich eine Moral habe.»
«Moral?»
«Ja, ich kann einige Dinge nicht vor mir verantworten, verstehst du? Ich krieg 'ne Macke, wenn ich sie mache.»
«Hat das was mit Gott zu tun?»
«Ein wenig.»
«Gott ist Scheiße.»
«Na ja.»
Ich drückte meine *Camel* aus, spuckte in die Büsche.
«Wenn du aber daneben stehst, sobald was Unmoralisches passiert», erklärte ich ihm, «dann bist du doch auch verantwortlich, meinst du nicht?»
«Wer sagt das?»
«Ich denk mal, so isses.»
«Nee, nicht bei mir.»
«Ist das nicht feige?»
Eli zögerte mit der Antwort und kratzte sich die Nase, als ob ihn irgendetwas schrecklich jucken würde. Ich zündete mir eine HB an, paffte und wartete, schließlich sagte er:
«Egal, ob feige oder nicht, ich glaube daran. Ich will keinem was Böses. Das ist das Leben, wie ich es mir vorstelle. Wenn ich mit euch Mist baue, dann baue ich eben mit euch Mist. Sobald es aber darum geht, jemand anderem was anzutun, steige ich aus.»
Alle Achtung, schlecht klang das nicht. Ich wunderte mich, dass ich nicht schon selbst darauf gekommen war.
«Wo hast du das alles her?», wollte ich wissen.
«Zusammengelesen.»
«Du liest?!»
Ich war wirklich erstaunt. Dass Adrian Bücher verachtete,

wusste ich, auch Karim konnte nichts mit ihnen anfangen. Eli hatte ich ähnlich eingeschätzt.

«Ab und zu lese ich, ja.»

Dann kam mir ein Gedanke:

«Eli, he, weißt du, was ich denke?»

Er sah mich schräg an, und für einen Moment war ich mir nicht sicher, ob er wissen wollte, was ich dachte. Dann nickte er, und ich sprach weiter:

«Ich denke, dass du irgendwann etwas Unmoralisches tun musst, sonst wirst du blöde. So sind wir gemacht, genau das denke ich. Und weißt du, irgendwann wird *dir* jemand etwas Böses antun, etwas ganz Fieses. Was machst du dann? Wirst du es einfach hinnehmen, ohne selbst ein wenig fies zu werden?»

«Ich weiß nicht.»

«Denk mal darüber nach.»

«Mhm.»

Unsere Zungen waren gereizt, und als wir die zwei Schachteln geleert hatten, war uns klar, dass Rauchen nichts für uns war. Wir liefen zur U-Bahn-Station Kaiserdamm und kauften uns am Imbiss zwei Dosen Cola und eine Currybulette, um den Geschmack loszuwerden.

Ich wusste also, warum Eli froh war, dass ich die Tüte trug.

Es war kurz nach fünf und das Kaufhaus voll bis unters Dach, ein Gedränge und Geschiebe ersten Grades. Absolut ideal.

«Wo als Erstes hin?»

Die Mädchen waren für die Süßwaren-, Eli für die Sportabteilung, Karim zuckte nur die Schultern. Adrian schlug sich auf die Seite der Mädchen, ich nickte, also nahmen wir diesen Weg.

«Haltet Händchen, damit wir uns nicht verlieren.»

«Halt selber Händchen, du.»
Wir hingen zusammen wie eine Traube, quatschten lauthals, und wann immer einer was Interessantes in die Hand nahm, bildete sich ein Kreis um ihn, die Tüte knisterte und gab unter dem Gewicht nach. Wir zogen weiter.
«Comics!», schlug ich vor.
Die Traube lenkte um – ein Schwarm Termiten machte die Runde, ausgehungert und zielstrebig.
«Kennst du das schon?»
«Kenn ich nicht.»
Die Tüte raschelte.
«Das ist ein Sammelheft, Mann!»
«Vergiss es. Marvel, nur Marvel, der Rest ist Schwachsinn.»
Die Mädchen sprühten sich Parfum aufs Handgelenk und deuteten kichernd auf uns. Ich wusste, dass Kirstin furchtbar auf Adrian stand. Sie war genauso knochig wie Ines. Also stand Adrian auch auf sie.
«He, deine Braut macht sich chic», sagte Eli und stieß Adrian an.
«Arschloch.»
«Nee, wirklich, du kannst sie bis hierher riechen.»
Adrian grinste. Er legte mir die Hand auf die Schulter und wollte eben was sagen.
«HE, IHR DA!»
Es war so laut gerufen, dass der ganze Laden für einen Moment die Luft anhielt. Als er sie wieder zischend herausließ, gab jeder Fersengeld. Die Mädchen ließen klimpernd die Probefläschchen fallen und waren weg. Karim stieß einen Ständer mit Taschenbüchern um und überschlug sich beinahe, als er an Adrian vorbeiflog, und war weg. Eli blieb am coolsten, kein Schritt zu schnell und keiner zu langsam. Sein blonder Haarschopf verschwand in der Menge und war weg. Blieben Adrian

und dieser jugoslawische Idiot mit der Tüte zwischen den Fingern. Wir starrten die Verkäuferin an, als ob wir auf ein Startzeichen warten würden. Ich blinzelte verwirrt, das Gewicht an meinem Arm nagelte mich auf der Stelle fest und drückte mir die Beine hart in den Boden.

«Adrian», flüsterte ich.

Er war nicht mehr da. Ich hatte nicht einmal die Bewegung mitbekommen, mit der seine Hand von meiner Schulter verschwand.

«Was hast du da in der Tüte?»

Sie stand vor mir, eine Mischung aus Farben und dem süßlichen Geruch von Weichspüler. Ich zwinkerte ihr Kinn an, diesen Mund, der auf- und zuging.

«Nichts», sagte ich.

«Zeig mal her.»

Eine Hand fand meinen Arm. Es war nicht Adrians Hand.

Die Gesellschaft der Schweine / Mein Cousin / Jasmin / Und? / Elis Moral / **Al Capones Nachfolger** / Die Mutter des Griechen / Ein Mordskerl in Rage

Der Wagen fuhr auf den Hinterhof und parkte auf einem weißen Kreis. Der Kreis erinnerte mich an einen Werwolf-Film, den ich mal gesehen hatte. In dem Film befand sich ein Pentagramm im Kreis, hier war es ein großes P.
Die zwei Polizisten stiegen aus, öffneten die Seitentür des VW-Busses und ließen mich raus.
«Hier und hier und hier.»
Ich gab ihnen meine Fingerabdrücke, die Adresse samt Telefonnummer und meinen Namen, ohne lange nachzudenken. Dafür gaben sie mir eine Zelle ohne Fenster, einen Mann, der mich fragte, was ich mir dabei gedacht hätte, bei *HERTIE* zu klauen, und zum Schluss gab es einen Riegel Kinderschokolade, der meine Tränen stoppen sollte.
Ich ließ ihn liegen.
Mutter holte mich ab.
Ich hatte gehofft, Vater würde die Sache übernehmen. Bei ihm wusste ich, woran ich war, bei Mutter war ich mir nie sicher, wie sie die Dinge aufnahm.
Ihr Mund zuckte, als sie in die Zelle trat. Ich stand verstört auf, legte eine Pause in meinem Heulen ein und jammerte kläglich:
«*Mama!*»

Ich fand ihre Hand mit einem hungrigen Griff und suchte eine Erwiderung, irgendein Zeichen von ihr.
Da war nichts.
Wir verließen die Polizeiwache, traten auf den Kaiserdamm und liefen in Richtung Sophie-Charlotten-Straße.
«Warte, wenn wir zu Hause sind!», zischte mir Mutter ins Ohr.
Ich versuchte mir beide Hände vors Gesicht zu schlagen, um mein Schluchzen zu unterdrücken, doch sie umklammerte eisern meine rechte Hand, als ob sie genau wüsste, dass das die Täterhand gewesen war, die die Tüte gehalten hatte.
Die Leute gafften uns an. Ich war mir sicher, ich würde für jeden Nachbarn, an dem wir vorbeikamen, und für jeden, den wir vom Sehen her kannten und der uns neugierig nachblickte, später bezahlen müssen.
Mutter schleifte mich die vier Stockwerke hoch, schloss die Tür auf und knallte sie hinter sich zu. Bevor wir fünf Schritte gemacht hatten, landete der erste Schlag auf meinem Hinterkopf und warf mich nach vorne. Bevor ich zu Boden gehen konnte, packte mich Mutter an den Haaren und verhinderte meinen Sturz. Sie war über mir, gewaltig, riesig, die Schläge prasselten und ließen mich jaulen. Ich versuchte meinen Kopf mit den Armen zu decken. Sie kam an meiner Deckung vorbei. Ich trat gegen den Kühlschrank, drückte mich dadurch weg von ihr und landete endlich auf dem Linoleum.
Dort war ich sicher.
Dachte ich zumindest.
«WIE KANNST DU MIR SO WAS ANTUN! BIST DU VERRÜCKT? KRANK? IRRE?»
Sie brüllte mich auf Serbokroatisch an. Ihre Stimme hallte aus dem Hinterhof zurück, als ob sie jemand mit einem Megaphon nachahmen würde.

Mutter ging zum offenen Küchenfenster und schloss es.
«SVINJA! VRAG! BUDALA!»
Sie trug diese flachsohligen Turnschuhe, und mit denen begann sie auf mir herumzutrampeln, verpasste mir Tritte gegen die Rippen und zog ihre Fingernägel über meine schützenden Arme, die ich mir vergeblich über den Kopf hielt.
«UBIC CU TE, JA CU TE UBIT!»
Ja, sie drohte mir mit dem Tod, und es half nichts, dass mir Blut aus der Nase schoss, nichts führte daran vorbei, dass sie mit mir abrechnete. Sollte mir bloß keiner damit kommen und behaupten, das Schlimmste, was man erleben kann, ist stille Wut. Das hier war schlimmer.
Ich versuchte einige Male, mich zu verteidigen, wollte das Ganze als ein Missverständnis darstellen, von einer Falle reden, in die ich blind reingelaufen war.
Meine Mutter spuckte angewidert auf mich herab.
Irgendwann war es vorbei. Ich lag allein auf dem Linoleum, der Fernseher im Wohnzimmer lief, eine Fliege umsummte meinen Kopf. Vorsichtig öffnete ich erst das linke, dann das rechte Auge.
Vor mir ragten die Beine des Küchentisches auf. Ich entdeckte auf dem Linoleum eine Bohne. Sie war verrunzelt und alt und irgendwann irgendjemandem vom Teller gefallen und hier gelandet.
Ich streckte mich nach ihr, bis der Schmerz meinen Arm zurückzog. Ich probierte es ein zweites Mal und erreichte die Bohne.
Sie war steinhart.
Ich schob sie mir in den Mund und schluckte sie runter.

Mein Vater gab mir eine kürzere Version, dafür mit dem Gürtel. Das war nicht so schlimm. Ich nahm an, er verstand mich ein klein wenig. Ich nahm an, er wusste, warum Stehlen in meiner Welt Bedeutung hatte. Ich tat es wirklich nicht des Geldes wegen. Stehlen hieß Macht. Stehlen hieß schnell und geschickt sein. Und es hieß, sich zu nehmen, was man wollte.

Drei Wochen lang durfte ich die Wohnung nach der Schule nicht verlassen. Nach der ersten Woche sah es aus, als ob die ganze Sache gegessen wäre. Keiner sprach mehr darüber, und ich vermied es, Mutter zu reizen. Wir lebten vor uns hin, saßen vor dem Fernseher, mieden einander.

Als ich dann wieder auf die Jungs traf, taten wir, als ob nichts gewesen wäre. Wir spielten eine Runde Ausbooten und jagten uns um das Karree. Zum Abend hin saßen wir vor der Nummer 6 und gaben vor den Mädchen an.

Nichts hatte sich verändert.

Wir waren Freunde.

Wir waren eine Clique.

Wir hielten zusammen.

Die Gesellschaft der Schweine / Mein Cousin / Jasmin / Und? / Elis Moral / Al Capones Nachfolger / **Die Mutter des Griechen** / Ein Mordskerl in Rage

Der Grieche war klein und bestand nur aus Muskeln, die alle an seinem Hals endeten. Auf dem Hals balancierte er einen Kopf von der Größe eines Wasserballs. Dabei war der Kopf gar nicht so riesig, das Riesige an ihm war die Frisur. Sie thronte einem elektrisierten Heiligenschein gleich auf seinem Schädel, und nichts konnte sie durcheinander bringen.

Der Grieche hasste uns.

Er war zwanzig und spielte den Hauswart von Nummer 6, unserem Treffpunkt in der Philippistraße, unserem steinernen Fußballtor.

Es gab Tage, an denen unser Platz nach einem Regen vor Pfützen nur so strotzte, dann nutzten wir die Chance, um uns die Füße an der Nummer 6 wund zu spielen. Später am Abend kamen die Mädchen vorbei, oder wir hockten alleine vor der Nummer 6 unter dem blassen Licht der Straßenlaterne und taten, als ob uns die Welt gehören würde.

Für all das hasste uns der Grieche.

Er brachte es fertig, die Haustür der Nummer 6 überraschend aufzureißen und mit einem Besen bewaffnet hinter uns herzujagen. Oder er leerte aus dem zweiten Stockwerk einen Eimer mit dreckigem Wasser über uns aus und lachte auf Griechisch, wenn wir ihn mit Flüchen überschütteten.

Einmal war er unglaublich schnell und schnappte sich unseren Ball. Wir sahen den Ball nie wieder. Das war sehr deprimierend. Der Ball hatte Karim gehört, und als Karim es seinem Vater erzählte, zuckte der nur mit der Schulter. Seitdem waren wir auf der Hut und packten unser Zeug bei dem geringsten Zeichen von Angriff.

Das Komische an der ganzen Sache war, dass sich der Grieche vollkommen normal verhielt, wenn wir ihm auf der Straße begegneten.

Meistens kam er mir morgens auf dem Weg zur Schule entgegen und nichts geschah. Er ging an mir vorbei und verschwand in der Nummer 6. Schultern hochgezogen und die Haare eine reglose Krone auf seinem wippenden Kopf. Wir mutmaßten, er war einsam und es lag an seiner irren Mutter, dass er sich so aufführte.

O Mann, die Mutter war ein Anblick.

Sie war zehnmal so schlimm wie ihr Sohn. Auch wenn wir sie nie auf der Straße sahen und nur einmal in Aktion erlebten, war sie das Unheimlichste, was wir uns vorstellen konnten.

«Wenn die mir im Dunkeln begegnet, dann sterbe ich einfach», hatte Eli einmal verkündet, «ich fall tot um und bin für immer tot, versteht ihr?»

Das war vollkommen verständlich.

An dem Tag, an dem sie uns fertig machen wollte, taten wir nichts anderes, als vor der Nummer 6 Hochspucken zu spielen. Das war wirklich harmlos, wir sabberten so durch die Gegend, das konnte doch keinen stören. Dachten wir.

Die Gaslaterne war unser Ziel. Wer am höchsten spuckte, wurde Meister im Hochspucken. Nach einer halben Stunde hingen uns die Zungen trocken aufs Kinn, aber schlappmachen galt nicht, also machten wir weiter und deckten den Laternenpfahl mit einem feinen Nieselregen ein. Adrian war mit dabei, Eli und Karim natürlich auch. Dann war da noch Werner, der mit seiner Mutter allein lebte und zum Mittagessen immer nach Hause musste.

Der Himmel über uns leuchtete blau, die Luft roch nach Autobahn, und Werner war es, der beim Spucken einen neuen Rekord aufzustellen versuchte. Er lehnte den Kopf zurück, sammelte einen letzten Klumpen Rotz und wollte ihn eben abfeuern, als ein Blumentopf an seiner Nase vorbeisegelte.

«O Scheiße», sagte Werner und sah auf seine Füße hinunter.

Die Tonscherben des Topfes waren rot, und die Erde darin schwarz. Etwas von dem Dreck klebte an Werners Turnschuh, verwirrt schüttelte er seinen Fuß, und die Erde rieselte herunter.

Ich dachte, knapp daneben ist auch vorbei; und hörte, wie Adrian und Karim loslachten, während Werner seinen Schreck runterschluckte und davonrannte.

Das war einfach zu viel für ihn.

Auch ich musste lachen, nur Eli besaß genug Verstand, um nach oben zu gucken.

«Achtung!», rief er und da kam auch schon der zweite Blumentopf.

«Ich glaub's ja nicht», sagte ich und sah nach oben, «die Alte schmeißt mit Blumentöpfen nach uns.»

«So ein Scheiß», sagte Adrian, «die müssen ihr aus der Hand gerutscht sein.»

WAMM kam der nächste runter.

«Zoran hat Recht», sagte Eli, «die Alte beschmeißt uns mit Blumentöpfen!»

«Nee», sagte Adrian, «so was passiert ni...»

WAMM machte der vierte Blumentopf.

«Ich glaub, ich spinne!», rief Adrian plötzlich. «Die Alte hat es auf uns abgesehen!»

Alle vier blickten wir jetzt hoch. Das war das erste und letzte Mal, dass wir die Mutter des Griechen in Aktion erlebten. Sie bombardierte uns mit exakt vierzehn Blumentöpfen, und wir waren so fasziniert von ihrem Wahnsinn, dass wir wie die Blöden hin und her hüpften, um den fliegenden Töpfen auszuweichen. Viel bekamen wir dabei von ihr nicht zu sehen. Nur ihre streichholzdicken Arme und dazwischen wilde Blicke hinter strähnigem Haar. Zumindest wussten wir jetzt, wo der Grieche seine Frisur herhatte.

Zum Schluss hin war die Straße ein Acker aus kaputten Blumentöpfen, überall schimmerte schwarze Erde und Grünzeug, aber Blumen sahen wir keine.

«Du, das war's», sagte Karim irgendwann in die Stille hinein und behielt Recht. Nach dem vierzehnten Topf kam nichts mehr.

Wir waren nass geschwitzt und bereit, etwas ganz Schlimmes zu tun. Rache und so. Aber wir taten nichts, sondern gingen jeder nach Hause. Für die nächste Woche hatten wir genug von der Nummer 6.

Die Gesellschaft der Schweine / Mein Cousin / Jasmin / Und? / Elis Moral / Al Capones Nachfolger / Die Mutter des Griechen /

Ein Mordskerl in Rage

Ende November platzte eine Bombe: Mutter war schwanger.

Ich küsste sie auf die Wange und gratulierte ihr, sie nahm mein Gesicht in ihre Hände und sagte:

«Werd wieder gut, ja?»

Mit zehn Jahren war ich ein Krimineller, ein verschlagener Kerl, dem man auf der Straße besser aus dem Weg ging. Mein Cousin wäre stolz auf mich gewesen. Und was tat ich mit meiner angefangenen Karriere?

Ich wurde wieder gut und ließ sie sausen.

Kein Gefängnis nahm mich ein zweites Mal auf.

Und dann zeigte mir Vater, wo es langgeht.

«Das muss gefeiert werden», sagte er und drückte meine Schwester und mich an sich, als wären wir aus Schaumstoff.

Ich wusste, dass Vater wegen der Schwangerschaft schon seit zwei Tagen am Feiern war, erst als Mutter ihn ermahnte, er sollte Susa und mich auch mal ausführen, gab er sich einen Ruck und sagte:

«Wollen wir mal nicht so sein.»

Von Mutter selbst kam nur ein müdes Abwinken. Sie war von der Arbeit erschöpft und hatte nicht vor, das warme Wohnzimmer zu verlassen. Aber von ihr aus konnten wir machen, was wir wollten, sie gab uns ihren Segen.

Ich bekam mich nicht mehr ein vor Freude.

«Was glaubt ihr, wo wir hingehen, mh, na, was glaubt ihr?»

Wir hofften, es wäre der Weihnachtsmarkt oder vielleicht das Kino oder irgendwas anderes. Alles, außer dem Üblichen – Piceks Restaurant.

«Keine Ahnung», sagte ich.

«Wie auch», sagte mein Vater und lachte.

Bevor es losging, öffnete er die Speisekammer und schnappte sich eine Flasche mit Sonnenblumenöl. Er ploppte den Deckel weg und ließ das Öl in seine Kehle gluckern, bis die Flasche zur Hälfte leer war.

«Ahh», machte er und schüttelte sich.

«Auch?»

Ich verzog das Gesicht. Nee, danke. Das Öl sollte den Alkohol davon abhalten, einen schnell betrunken zu machen. Soweit ich das kapiert hatte, konnte man sich mit einer Pfütze Öl im Magen besaufen, ohne dabei umzukippen. Ich fand, es gab einige Dinge im Leben, die man einfach nicht ausprobieren musste.

Mit viel Lärm und Trara verließen wir die Wohnung und stiegen in den metallic roten Mercedes meines Vaters. Susa hatte sich von Mutter Zöpfe flechten lassen und trug eine glänzende Spur Lippenstift. Ich war wie immer nur ich.

Es war acht Uhr und der Himmel so bleiern, als würde er aus einem Stahlwerk kommen. Vater lenkte den Wagen mit der linken Hand aus der Parklücke, während er mit der rechten eine Kassette im Handschuhfach suchte. Er war ein exzellenter Fahrer, der blind einen Slalom hinter sich bringen konnte, ohne dabei auch nur ein Hindernis zu berühren. Mit neunzehn gewann er den zweiten Preis in einem heißen Autorennen, und immer, wenn er hinter dem Steuer saß, wirkte es so, als ob der Wagen eine eigene Seele hätte, die er meinem Vater zu Füßen legte. Ein Mercedes ist nicht gerade ein winziges Auto, und mein Vater war nicht gerade ein großer Kerl, dennoch spurte die Karre, dass ich mir manchmal sicher war, Vater könnte das Ding mit seinem kleinen Finger durch mordsgefährliche Serpentinen lenken und dabei Arien singen.

«Wo fahren wir hin?», fragte ich vom Rücksitz.

«Zu Picek», rief mein Vater begeistert, «er hat den Tisch schon gedeckt.»

Susa und ich stöhnten und warfen uns ätzende Blicke zu.

Picek war ein uralter Freund unserer Familie, der eine Glatze hatte, die er gründlich polierte, bevor er an die Arbeit ging. Picek war sein Spitzname, und das hieß übersetzt Hühnchen. Jetzt soll mich bloß keiner fragen, warum dieser kleine, dünne Mann ohne Haar Hühnchen hieß.

In Gropiusstadt führte Picek sein eigenes Restaurant, in dem alle unsere Verwandten unweigerlich landeten, wenn eine Feier anstand. Da gab es die typischen jugoslawischen Gerichte, die mir schon zu den Ohren raushingen, weil die Portionen so groß waren, dass ich gerade mal die Hälfte schaffte. Natürlich hätte ich die Kinderportion bestellen können, aber wie sah das denn aus?

«Tolle Idee», sagte Susa.

«Wahnsinn», sagte ich und tat, als ob ich mir den Finger in den Hals stecken würde.

«Lass das», sagte Susa.

«Ughh», machte ich.

«Was macht ihr da für einen Quatsch?», fragte Vater und sah in den Rückspiegel.

Wir wurden mit Handschlag begrüßt und zwei Pärchen setzten sich mit an unseren Tisch. Die Luft wurde schwer vom Zigarettenrauch, und Musik und Gespräche kamen von allen Seiten angeflogen und brachen berstend über unseren Köpfen zusammen. Mir taten bald die Ohren weh und Susa nickte an meiner Schulter ein. Zum Nachtisch gab es Eis, ich weckte Susa, Picek sang ein trauriges Lied über eine verlorene Liebe und begleitete sich auf einer Mandoline. Dann warf er uns alle raus. Punkt zwölf Uhr musste er schließen, weil seine Frau jede Nacht ungeduldig zu Hause auf ihn wartete.

«Will keinen Ärger», sagte Picek.

«Kein Problem», sagte Vater.

«Und wohin jetzt?», fragte er uns auf der Straße und zog sich die Hosen hoch. Offensichtlich hatte er noch lange nicht genug von dem Abend.

Wir parkten vor einer Kneipe, in der wirklich jeder meinen Vater kannte und mit HO, IVO! und HE, IVO! begrüßte.

Der Laden war knackevoll.

An einem der Tische wurde mit Karten gezockt, an einem anderen schunkelten sechs Männer zu einem Song von Costa Cordalis und schütteten dabei ihr Bier in alle Richtungen.

«Hier, setzt euch, ich sorge für den Stoff.»

Vater zwinkerte uns zu, er war jetzt der Boss, der einen Krug Bier und zwei Cola organisieren ging.

«Seid ihr zufrieden?», fragte er nach einer Minute und stellte die Getränke vor uns ab. Er hatte auch an eine Schale mit Erdnüssen gedacht. Bevor wir ihm antworten konnten, wandte er sich ab und ging zurück zum Tresen.

Ich nippte an meiner Cola, Susa sagte:

«Ich bin müde.»

Ich überlegte, ob wir nicht einfach heimlich mit der U-Bahn nach Hause fahren sollten. In knapp einer Stunde würde Vater so richtig blau sein und uns völlig vergessen.

«Na, ihr Zwerge.»

Das fehlte noch. Benni war da und setzte sich zu uns an den Tisch. Benni war ein Kumpel von meinem Vater, der eine Hand fürs Tapezieren hatte. Das war auch schon alles, was er konnte. Wann immer jemand seine Wohnung tapezieren wollte, rief mein Vater Benni an. Oder traf ihn hier in der Kneipe. Benni redete viel, er fand meine Schwester süß und aß gerne bei uns zu Mittag.

«Ist der Alte in Form?», fragte er und kippte sich den Inhalt der Erdnussschale in die offene Handfläche. Ich zeigte mit dem Kinn zur Theke, wo mein Vater wild herumgestikulierte und dabei mit den Hüften zur Musik wackelte.

«'n Mordskerl», sagte Benni und zerkaute die Erdnüsse, als wären sie aus Luft, dann schob er mir sein Bier zu.

«Biste auch ein Mordskerl?», wollte er wissen.

Benni war immer unrasiert und ich sah ihn nie ohne ein rot-weißes Holzfällerhemd. Bei Feiern verlangte er nach Howard Carpendale und trank seinen Schnaps am liebsten lauwarm.

Ich hob den glitschigen Bierkrug mit beiden Händen an. Verdammt schwer, aber ich schaffte es.

«Tu's nicht», sagte meine Schwester.

Ich lächelte sie aus einem Mundwinkel an, Mordskerl durch und durch. Dann kippte ich mir die Hälfte vom Bier in den Hals. Erst schmeckte ich nichts, so kalt war es, dann kam der Geschmack und mein Kopf schrumpfte zur Größe eines Kieselsteins.

«Bah!», machte ich und schüttelte mich wild.

«Was passiert denn hier?»

Vater hielt eine neue Schale mit Erdnüssen, ein Bier und einen Schnaps in den Händen.

«Willst du meinen kleinen Zoki betrunken machen, Benni? Hä, bist du verrückt?»

Vater lachte, Benni lachte, ich lachte mit Schaum auf den Lippen. Hohoho. Susa jammerte, sie müsste mal pinkeln.
«Trink aus», sagte Vater zu mir. «Wird ja langsam Zeit, dass du mal dein eigenes Bier kippst, das gibt Muckis und treibt dir die Faxen aus.»
Er wusste, dass ich ab und zu von seinem Glas nippte, wenn er nicht hinsah. Oder wenn wir unseren selbst abgehangenen Schinken anschnitten und dazu frisches Brot aßen, dann wurde ein 5-Liter-Fass angestochen, aus dem das Bier besonders lecker schmeckte. Aber einen Krug, nee, einen ganzen Krug für mich allein hatte ich noch nicht gehabt.
«He, Gabi!», rief Vater quer durch die Kneipe. «Bring mir noch ein Gezapftes, ich bin am Verdursten und mein Junge hier säuft mir alles weg!»
Die Kneipe brach in glucksendes Lachen aus, jemand schlug mir auf die Schulter, jemand pfiff.
Nach dem Bier wurde ein Korn vor mir abgestellt. Susa kam vom Klo zurück und wurde von einem riesigen Eis erwartet. Ich hätte gerne mit ihr getauscht, aber wie hätte das ausgesehen?
«Auf Muttern», sagte Vater und hob sein Glas.
«Auf Muttern», sagte Benni, ohne zu wissen, worauf wir wirklich anstießen.
«Auf Mama», sagte ich.
«Auf ex», sagte Vater.
«Auf ex», sagte Benni.
Sie klirrten ihre Gläser gegen meines.
«Okay», sagte ich.
Das kleine Gläschen reichte völlig, um mich in die Umlaufbahn zu schicken. Danach saß ich nur noch da und sortierte Erdnüsse.
Ein paar Kumpels von Vater setzten sich zu uns an den Tisch,

zwei von ihnen waren auch Jugoslawen und lachten lautstark mit Benni, der dreckige Witze am laufenden Band erzählte. Die Stimmung war toll, obwohl überall Zigaretten qualmten und mir die Augen tränten und ich über die laute Musik hinweg kein Wort verstehen konnte, war es wirklich toll. Ich fühlte mich, als wäre ich in einer Höhle mit brummenden Bären, die mir nichts Böses wollten.

Zwischendurch setzte ich ganz aus und kicherte ohne Pause vor mich hin, ich bekam deshalb auch nicht mit, wieso Vater plötzlich auf einem der Tische stand und tanzte. Susa schlief ausgestreckt auf zwei Stühlen, Benni saß klatschend neben mir und war feuerrot im Gesicht. Ich kicherte. Im nächsten Moment war Benni nicht mehr neben mir, sondern auch auf dem Tisch, und eine große, blonde Frau hing an Vaters Hals und kaute an seinem Ohr. Es ging alles zu schnell, ich kniff die Augen fest zusammen und machte sie erst wieder auf, als ich das Gefühl hatte, der Raum würde sich nicht mehr drehen.

Überraschung.

War die Kneipe eben voll gewesen, war sie jetzt proppenvoll. Ein Polizist diskutierte am Tresen mit meinem Vater, Benni stand daneben und trank aus einem Bierkrug. Die Musik wurde lauter und lauter, alle schunkelten Arm in Arm. Der Polizist und Vater lachten und scherzten, dann nahm der Polizist seine Mütze ab und fächelte sich Luft zu. Alles schien okay. Dann aber kniff mein Vater sein Gesicht wütend zusammen, und das kannte ich von ihm, wenn er das tat, war er kurz davor zu explodieren. Ich wollte den Polizisten warnen, ich wollte Benni zurufen, er sollte Vater schnell wegziehen, doch dafür war es schon zu spät.

Vater breitete seine Arme aus und führte sie zusammen, als ob er einmal laut klatschen wollte. Als sich seine Handflächen trafen, war der Kopf des Polizisten dazwischen. Laut machte es *patsch*. So laut, dass die Musik übertönt wurde. Der Polizist verdrehte vor Schmerz die Augen, dann lag er auf dem Boden und schrie. Ein zweiter und ein dritter Polizist kamen angerannt, plötzlich waren es ganz viele Polizisten – die sich unter den Tischen oder sonst wo versteckt haben mussten –, und alle stürzten sich auf Vater. Versuchten es zumindest. Denn der lachte nur und verschwand in der Menge. Fäuste flogen, Flüche wurden gezischt, alle, die Vater kannten, waren auf den Beinen und droschen wild nach allen Seiten um sich. Ich sah Benni einen Stuhl schwingen, ich sah eine Frau mit einem Salatteller, den sie einem Polizisten ins Gesicht drückte.

Bald war klar, wer hier der Stärkere war, und die Polizisten lösten sich in nichts auf.

«Verdammt», rief der Wirt, als ein wenig Ruhe eingekehrt war, «die kommen wieder.»

Als einige der Kneipenbesucher das hörten, wurden sie auf der Stelle nüchtern und griffen sich ihre Jacken und machten, dass sie rauskamen.

«Ich renn nicht weg», sagte Vater und setzte sich an die Theke.

«Hör mal, Ivo.»

Benni kratzte sich am Kopf und blickte zur Tür.

«Ist besser, wenn wir hier verschwinden, das könnte ernst werden.»

«Ich hab das angefangen, ich bringe es zu Ende, ist doch klar, so läuft das.»

«Mensch, Ivo», sagte jetzt auch der Wirt, «macht mir nichts, wenn du 'nen Abgang machst, der Spaß ist vorbei, okay?»

«Neenee», beharrte Vater und klopfte mit den Knöcheln seiner rechten Hand auf die Theke, «das ist meine Show, lass die Säcke mal kommen, ich bin bereit.»

Er war schon immer stur gewesen, sobald er aber einige Gläser getrunken hatte, verwandelte sich seine Sturheit in Granit, und nichts und niemand konnte ihn von seinem Vorhaben abbringen.

«Also ich hau ab», sagte einer seiner Kumpels.

«Mach's gut», sagte Vater und kippte einen Korn.

«Auf mich wartet meine Frau», sagte ein anderer Kumpel.

«Bis zum nächsten Mal», sagte Vater und zeigte auf sein Glas, damit der Wirt es nachfüllte.

Einige von den Kumpels blieben an der Theke stehen und hämmerten Vater auf die Schulter. Ivo nahm es niemandem übel, dass er den Schwanz einzog, mit der Polizei war nicht zu spaßen.

«Geht ruhig», sagte er, «war schön, euch zu sehen.»

Sie nickten, lachten erleichtert auf und warfen eine Hand voll Scheine auf die Theke, bevor sie ein letztes Mal zum Abschied lärmten und in der Nacht verschwanden.

«Memmen!», sagte Vater und stieß mit dem Wirt an, beide lachten, dann kam Vater ein Gedanke, und er sah sich nach uns um.

«Benni», sagte er, «bring meine Kinder nach Hause, das hier ist nichts mehr für sie.»

«Ich will bleiben», sagte ich.

Vater winkte mich weg.

«Keine Diskussion!»

«Hör mal, Ivo», sagte Benni, «ist es nicht besser, wenn wir zusammen hier abhauen.»

Kopfschütteln.

«Bring Susa und Zoki nach Hause, ich komme gleich nach, alles klar?»

Der Wirt fing Bennis Blick auf und hob beruhigend die Hand. Damit wollte er ihm sagen, er würde sich schon um meinen Vater kümmern.

«Bis nachher», sagte Benni.
Ich schüttelte Susa wach.
«Was'n los?», sagte sie und gähnte.
«Benni bringt uns nach Hause.»
«Oh.»
Wir waren eben an der Tür und wollten sie öffnen, als sie aufflog und eine Armee von Polizisten reinließ. Sie beachteten Benni, Susa und mich null und schoben uns wie Pappfiguren zur Seite. Ihren Anführer erkannte ich sofort an den roten Ohren, er hatte auch eine blutige Nase und nahm direkten Kurs auf Vater.
Mir rutschte das Herz in die Unterhose und blieb dort, denn Vaters erhobene Fäuste waren für lange Zeit das Letzte, was ich von ihm zu sehen bekam. Hundert Polizisten stürzten sich auf diesen kleinen Mann, der sie mit einem verächtlichen Lachen empfing.
«Mordskerl», flüsterte Benni voller Ehrfurcht.

Sie schleppten meinen fluchenden und um sich tretenden Vater auf die Wache am Kaiserdamm, wo er die Nacht in einer Ausnüchterungszelle verbrachte. Es war dieselbe Wache, auf der sie meine Fingerabdrücke genommen hatten. Dieselbe Wache, auf der auch ich in einer Zelle gesessen hatte.
Der Abend blieb nicht ohne Folgen.
Sechs Polizisten hatten Beulen und Schrammen und ein blaues Auge, dem einen war der Finger gebrochen und ein anderer konnte eine Woche lang nicht sitzen, weil Vater ihm mehrmals kräftig in den Hintern getreten hatte. Sie schlossen sich zusammen für eine große Klage. Außerdem wollte das Polizeiministerium von Vater Schadenersatz, weil er in seiner Ausnüchterungszelle die Gitterstäbe verbogen und mit der Pritsche die halbe Wand eingerissen hatte.

Mutter holte Vater am nächsten Morgen von der Wache ab. Er war noch immer halb betrunken und schämte sich, dass seine schwangere Frau ihn in diesem Zustand sehen musste. Kaum zu Hause, fiel er auf das heruntergeklappte Bett und schlief den ganzen Tag.
Gegen Abend wurde Vater von unserem Anwalt geweckt, der ein Bekannter war und die Sache in die Hand nehmen wollte.
Die Klage war deftig.
Mutter bekam das Heulen, und Vater trank schwarzen Kaffee und fühlte sich elend und verloren. Als sich aber der Anwalt Vater ohne Bademantel ansah, rieb er seine trockenen Hände – *raschelraschel* – und machte schnell ein paar Fotos von den blauen Flecken, die Vaters Körper wie ein Ausschlag bedeckten.
«Wenn wir ihnen das auf den Tisch knallen», sagte unser Anwalt, «haben wir sie an den Eiern, dann werden die Bullen jede Klage fallen lassen. Macht euch keine Sorgen mehr.»
Und genauso kam es auch.

Nur nicht lumpen lassen / Rache für SPLENDID / Kleine Schritte zum Sieg / Nichts mehr erreichen wollen, weil man alles hat / Kurzes Nachspiel / Viel zu fein für mich / I Was Made For Lovin' You, Baby / Lust / Ein Geschenk für mich / Manja berührt meinen Rücken / Hundeelend / Die Allee der schlafenden Häuser

Dritter Teil

Nur nicht lumpen lassen / Rache für SPLENDID / Kleine Schritte zum Sieg / Nichts mehr erreichen wollen, weil man alles hat / Kurzes Nachspiel / Viel zu fein für mich / I Was Made For Lovin' You, Baby / Lust / Ein Geschenk für mich / Manja berührt meinen Rücken / Hundeelend / Die Allee der schlafenden Häuser

Der Sommer ging vorüber, es wurde Herbst, es wurde Winter, dann kam das Frühjahr und wir standen erneut vor einem Sommer. In diesem Jahr wurde ich elf und durchschaute das Spiel. Die Jahreszeiten taten, als ob sie neu wären, als ob sie immer neu wiederkehren würden, dabei blieben sie ein und dieselben Jahreszeiten. Sie behielten ihr Gesicht und versteckten es geschickt hinter verschiedenen Masken. Und wir hatten uns selbst und konnten nichts verstecken.
Auch dieses Jahr überrollte mich.
Fußball und Freunde, Mädchen und Bücher hielten mich beschäftigt. Die Clique blieb vom Kern her dieselbe, Freunde kamen und gingen – Frank, Gero, Stefan und dann für kurze Zeit ein Junge, den wir Sprudel nannten und der einen kurzen Gastauftritt in unsere Straße hatte, bevor wir ihn verjagten. Dann war da ein Mädchen, das mich bis in meine Träume verfolgte. Terri. Sie war wie Jasmin. Sie war Liebe und Enttäuschung, sie war Angst und Versagen. Sie hat mich ganz tief berührt. Und ich ging weg von ihr. Und das ist eine Geschichte, die keinen mehr was angeht.

Das Fernsehen gab in dieser Zeit sein Bestes und machte mich Dioptrin um Dioptrin kurzsichtiger, der Geruch von Kaffee ließ mich hibbelig werden, dreimal am Tag setzte ich eine Kanne auf. Ich hatte mir immer noch keinen Namen unter meinen Freunden gemacht, keiner war vor Neid erblasst und Adrian galt weiterhin als der König der Diebe. Zwar König auf einem erschwindelten Thron, doch was brachte mir das Wissen?

Ich lag mit mehr als nur einem fehlenden Namen im Hintertreffen: Von der ersten Liebe sitzen gelassen, beim Klauen erwischt, kurzsichtig und koffeinsüchtig. He, das sollte mir einer nachmachen!

Wie gerne hätte ich mein Gesicht und den ganzen Zoran dazu abgelegt und wäre ein anderer geworden.

Und dann siegte Karim.

Zwei Wochen nach der Geburt meines Bruders trat ich in seinen Verein ein. Vater kaufte mir Trainingsanzug, Töppen, Schienbeinschützer und Stutzen. Der Trainingsanzug war von *Adidas,* mitternachtsblau mit roten Streifen. Hintendrauf stand in samtigem Rot

SC WESTEND 01
BERLIN

Ich war mächtig stolz.

Ich war bereit für die Welt der Erwachsenen.

Die Schwestern gingen auf eine katholische Realschule.

Ines war sechzehn, Manja vierzehn.

Ines war groß und mager. Sie hatte etwas Mystisches, Dunkles an sich. Das kommt nicht von mir. Adrian sprach gerne in dieser Art von Ines. Ich stand mehr auf Manja. Dunkelbraune Haare und ein roter Mund, der aus ihrem blassen Gesicht hervorsprang, wenn sie lachte.

Ich hatte das Gefühl, sie verlangte nichts von mir, ich hatte das Gefühl, sie mochte mich, so wie ich war. Und sie besaß alles, wonach ich mich sehnte.
Wir hatten noch immer unsere Kussspiele, und da versenkte ich mich das erste Mal in ihren roten Mund. Ich war total kaputt danach. Nicht mal unsere Zungen hatten sich berührt. Es war die Weichheit ihrer Lippen, die mich total kaputt zurückließ.
Das kam genau richtig, denn ich fand, es wurde Zeit, mich ernsthaft zu verlieben. Besonders nach dem Flop mit Jasmin und der bitteren, verlorenen Liebe zu Terri. Ich hatte neuen Mut, ich wollte Romantik und Wärme. Cori war nicht die Richtige, sie hatte noch immer ihren Spaß daran, mich aufzublasen. Nein, danke, das war mir zu albern. Und wo ich schon dabei war, mich dem Ernst des Lebens zu widmen, fing ich auch an, meine Umgebung kritischer zu betrachten.
Ich badete nicht mehr mit meiner Schwester. Diese Tage waren vorbei, auch wenn ich nicht sagen kann, wer das beschloss. Es geschah einfach. Baden wurde gänzlich gestrichen. Duschen gefiel mir besser.
Vater baute ein Hochbett in unser Zimmer, weil er der Meinung war, dass es mit dem Baby doch langsam eng wurde. Ich bekam das Hochbett und einen Teil meiner Privatsphäre zurück, die ich bis dahin aufgegeben hatte.
Ich genoss es und las bis in den Morgen, ohne Ärger mit meiner Schwester oder mit meinen Eltern zu bekommen. Jede Ritze wurde mit Decken verstopft. Ich saß da oben wie in einem Bunker und die Außenwelt drang nicht zu mir durch.
In diesen Tagen fing auch der erste Haarwuchs unter meinen Achseln an, dunkle Haare reckten sich aus meinen Hoden.
Es ging voran.
Das Jahr fraß sich selbst hungrig und gierig auf. Sonne, Regen

und Schnee – plötzlich hatten wir wieder Frühling, und genauso plötzlich war der Frühling vorbei. Mit ihm fand auch die Zeit auf der Grundschule ein Ende. Ich hatte eine Realschulempfehlung erhalten. Vater aber fragte, ob ich aufs Gymnasium gehen, ob ich ernsthaft und intensiv lernen wollte.

«Glaubst du, du schaffst das?»

Gymnasium war kein Begriff für mich. Ich fand es aber spannend, dass Vater hohe Erwartungen an mich stellte. Ausgerechnet an mich, den Dieb. Da ich viel las, war ich in seinen Augen wahrscheinlich ein heller Kopf, der es weit bringen sollte. Außerdem hegte Vater Hoffnungen.

«Weißt du, wenn du dich entschließt, aufs Gymnasium zu gehen, wärst du der Einzige in der Familie, der ein Abitur hätte, denk mal darüber nach!»

Als ältestes Kind hatte ich in meinen ersten drei Schuljahren die volle Aufmerksamkeit meiner Eltern gehabt. Danach flachte es ab, das Interesse an meinen Leistungen und besonders an denen von meiner Schwester beschränkte sich von da an auf die Zensuren. Die Zeit, sich um uns zu kümmern, wurde meinen Eltern genommen, weil Geld herangeschafft werden musste. Sollten die Kinder sich doch selbst beschäftigen, andere taten es ja auch.

«Okay», sagte ich.

Mir war nicht ganz klar, was auf mich zukam, als ich mal so locker *okay* sagte und in der gleichen Woche mit Vater das Gymnasium besuchen ging. Es wurde sehr förmlich, dass ich glaubte, die behalten mich sofort da und geben mir ein Einzelzimmer mit Gittern an den Fenstern. Die Stimmung erinnerte an eine Geschichte über ein Internat, die ich auf Platte gehört hatte.

Und so kam ich aufs Gymnasium.

Obwohl ich die Sache verwegen locker nahm, war da dennoch ein mulmiges Gefühl. Schon die Fahrt mit dem Bus brachte mich durcheinander, denn ich war es gewohnt, zur Schule zu laufen. Alles schien ernster, jedes Wort hatte Gewicht und Herumalbern betrachtete man als außerirdisch. Dazu umgab die Lehrer eine Atmosphäre, die mir das Gefühl gab, keinen einzigen Fehler machen zu dürfen. Sie wollten mehr von mir, als jemals jemand zuvor. Sie wollten Leistung und Nachdenken und logische Schlussfolgerungen. Das war zu viel. Mit Logik konnte mir damals keiner kommen, und Leistungen brachte ich auf dem Fußballplatz, aber nicht in einer Klasse von Jungen und Mädchen, die begierig die Arme schwenkten, um drangenommen zu werden. Nachdenken war okay, das machte ich gerne, bloß dass meine Gedanken beharrlich abgefragt wurden, ging mir gegen den Strich. Trotz der Veränderungen ließ ich mich nicht aus meinem Rhythmus bringen. Fußball blieb weiterhin Dreh- und Angelpunkt, für meine Freunde tat ich alles, und wenn ein Mädchen den Zehn-Minuten-Rekordkuss wollte, he, dann bekam sie ihn auch. Ich ließ mich doch nicht lumpen.

«Willst du da bleiben, du?»
Es war freundlich von Karim, dass er so tat, als ob ich eine Wahl hätte. Als wäre das Gymnasium ein nobles Hotel, und wenn ich genug vom Zimmerservice hatte, würde ich das Hotel wechseln und mir was Besseres suchen.
«Für eine Weile», sagte ich.
«Kannst ja auch zu uns kommen.»
Karim streckte die Beine aus. Wenn er was sagte, dann meinte er es auch. Wir hockten auf dem Platz herum, was eine Rarität geworden war. Zu unserer Überraschung war auf die Oberschule zu gehen zeitaufwendiger, als wir gedacht hatten. Jetzt

geschah es, dass wir öfter vor der Nummer 6 herumhingen. Palavernd, müde vom Lernen und hauptsächlich Mädchen im Kopf. Es wurde immer schwieriger, zwei Mannschaften zu bilden, außerdem hatten wir ja im Verein genug Fußball. Zweimal die Woche Training schlauchte mächtig, und die frühmorgendlichen Spiele an den Sonntagen waren auch nicht ohne.
«Mein Alter würde mich umbringen, wenn ich auf 'ne Gesamtschule wechsel», sagte ich.
Eli reichte die Flasche mit Wasser weiter, wischte sich über den Mund und sagte:
«Macht eh keinen Unterschied.»
«Wieso nicht?», fragte Karim.
«Alles dieselbe Scheiße», antwortete Eli, der auf die Realschule ging. Er beugte sich vor, Ball zwischen den Knien, Arme drübergelegt:
«Die tun doch nur so, als ob das was anderes wäre, ist alles derselbe Mist, verstehst du?»
«Wer sagt denn das?», fragte ich.
«Das sagt man so.»
«Na, komm, wer sagt denn das?», hakte ich nach, denn so was Blödes hatte ich schon lange nicht gehört. Das war, als ob dir jemand Pflaumen verkauft und sagt, das wären prima Kirschen.
«Mein Vater», sagte Eli und schaute zum Balkon hoch, als ob sein Vater hören könnte, was er eben von sich gegeben hatte.
Karim spuckte aus, auch er hielt nichts von falschen Pflaumen und sagte:
«Du, dein Alter spinnt.»
«Aha», sagte Eli und grinste plötzlich.
«Was grinste denn?»
«Habe mir eben vorgestellt, wie wir alle in derselben Schule sitzen. In derselben Klasse, eine Reihe. O Mann.»

«Und?», sagte ich und musste auch grinsen.
«Kannste vergessen», sagte Eli, «das würde schief gehen, wir würden nur rumblödeln.»
«Ich nicht, du.»
Karim lehnte sich zurück, lehnte den Kopf gegen einen der Felsen, die die Böschung sprenkelten, als hätte ein Riese eine Runde Boccia gespielt und vergessen, die Kugeln einzusammeln.
«Und wieso nicht?», fragte Eli.
«Weil ich mal was werden will ...»
Karim schloss die Augen
«... ich werd den Laden von meinem Alten weitermachen, du, aber ich, ich mach das anders, ich mach da einen kleinen Supermarkt draus, nur mit türkischen Sachen, Spezialitäten, du, denn das ist es, was die Leute interessiert, Spezialitäten.»
«Du meinst einen Delikatessenladen», sagte ich.
Karims Augen flogen auf, als hätte jemand an der Jalousie gezogen.
«*Das* ist es!», rief er. «*Das* ist es, was ich machen werde. *KARIMS DELIKATESSEN!*»
Wir nickten anerkennend. *Das* klang gut. Karim überstrahlte die Sonne, er versicherte uns, das würde er machen, da war er sich hundertprozentig sicher. Genauso wie sich Eli hundertprozentig sicher war, dass er nie Postler werden würde.
«Die Bundesliga wartet auf mich, da muss ich ohne Umwege hin, denn bald ist WM ...»
Er ließ den Rest unausgesprochen, und wir wussten, wie der Rest klang: Mal ehrlich, was wäre die nächste WM ohne einen richtigen Star wie Eli?
«Und du, willst du noch immer Koch werden?», fragte Karim und lehnte sich wieder zurück in seinem Traum von einem Delikatessenladen. Es war ihm anzusehen, wie er all die lecke-

ren Spezialitäten im Schaufenster aufbaute und mit jedem Jahr dicker und dicker wurde.

«Nee, Koch ist gestorben», sagte ich und ließ den Traum genau in diesem Moment sterben, «ich habe was Neues.»

«Spuck's aus», sagte Eli und stand auf, um ein wenig zu jonglieren und die Knochen zu bewegen, die Bundesliga wartete.

«Ich werd ein paar Bücher schreiben», sagte ich.

Eli fiel der Ball runter, und Karim vergaß für einige Minuten sein Delikatessengeschäft und pfiff durch die Zähne.

«Schreib was über Fußball und Training», riet mir Eli, «damit wirst du bestimmt Millionär, so was gibt es noch nicht.»

«Oder schreib 'nen Krimi, wo man den Mörder nur findet, wenn man jedes sechzehnte Wort liest», schlug Karim vor.

Wir sahen ihn überrascht an.

«Was ist denn das für eine Idee?», fragte ich.

«Kam mir eben so», sagte Karim.

«Alles Schwachsinn», sagte Eli, «Fußball muss es sein.»

«Krimi», wiederholte Karim.

«Schreib über uns», sagte Adrian, der ein Nickerchen gemacht hatte und noch immer flach im Gras lag.

«Na, wieder wach?», fragte ich.

«Wer kann schon schlafen, wenn ihr Deppen so eine Scheiße redet?», fragte Adrian zurück.

«Selber Scheiße», sagte Eli.

«Behalt mal dein Toupet auf», erwiderte Adrian und setzte sich auf. Dann sah er uns der Reihe nach an. Drei verschwitzte Jungs mit dreckigen Gesichtern und den ersten Pickeln.

«Reich mal rüber.»

Ich reichte ihm das Wasser, er ließ es gluckern, setzte ab und schickte einen Rülpser in die Atmosphäre. Dann sagte er:

«Fußballer und Delikatessenverkäufer und Schriftsteller, dass ich nicht lache.»

«Hahaha, lach nur, du», sagte Karim, «wer will schon Busfahrer werden, hahaha, wer ...»
«Busfahrer hat Zukunft», unterbrach ihn Adrian, «der Rest ist doch Kinderkacke.»
«Wart's ab», schaltete sich auch Eli ein, und es war zu hören, wie beleidigt er war.
«Ja, wart's ab», sagte auch Karim, den Adrians Sticheleien nicht berührten, der aber zu Eli stehen wollte.
«Und, Schriftsteller, wirst du was über uns schreiben?», fragte mich Adrian.
Ich grinste geheimnisvoll.
«Mal sehen, wenn mir nichts anderes einfällt, mach ich's.»
Karim legte mir den Arm um die Schulter.
«Machst du mir dann die Ohren weg?», fragte er.
Seine Ohren standen wie zwei kleine Segel im Wind.
«Klar», sagte ich, «sonst noch was?»
«Und gib mir andere Haare, ich will 'n paar Locken wie du, aber nicht so viele, sonst seh ich aus wie 'n Hippie, ja?»
«Hast du auch Wünsche?», fragte ich Eli.
Eli schmollte noch immer, er hatte aber Wünsche.
«Erzähl keinem, dass ich mit links nicht schießen kann. Und lass meinen Alten ganz raus. Und wenn du schreibst, dass ich in Nicki verknallt bin, Mann, dann rede ich nie wieder mit dir.»
«Verstanden.»
Ich sah Adrian an.
«Und du?»
«Beschreib mich einfach, wie ich bin», sagte er, «cool und die Nummer eins, dann beklag ich mich nicht.»
«Alles klar, Chef.»
Er grinste und dann spuckte er aus und schob hinterher:
«Und dass ich Ines bekommen habe, darfst du auch bringen.»

«Zukunftsmusik», sagte Eli.
«Phantasie», sagte Karim.
«Ihr werdet euch noch wundern», sagte Adrian.
Und genau das sollten wir auch.

Das Probehalbjahr auf dem Gymnasium bestand ich. Sie winkten mich mit zugekniffenen Augen durch. Wahrscheinlich hätte mein Scheitern dem Erfolgsdurchschnitt der Schule geschadet.

Es gab verschiedene Gerüchte, was bei mir nicht stimmen würde. Von Faulheit bis zu Intrigen war ja alles möglich. Meine eigene Theorie war, dass ich zu simpel gestrickt war. Zu sehr darauf aus, Bücher zu lesen und die Straßen zu durchstreifen, anstatt mit meinem Gegenüber in den Clinch zu gehen, weil er in Chemie zwei Punkte mehr hatte. Ich denke mal, das sah man mir auch an. Meinen abgewetzten Hosen, den schulterlangen Haaren und diesem leicht entrückten, kurzsichtigen Blick. Man sah es, aber man sprach es nicht gerne laut aus – einfach zu simpel, der Kerl.

«Was willst du mal werden?», fragte die Klassenlehrerin mich am ersten Tag nach dem Probehalbjahr.

«Koch», log ich, weil es keinen was anging, dass ich schreiben wollte.

«Koch?»

«Ja, Koch, ich koche gerne, deswegen.»

Die Klasse lachte.

Mir war nie der Gedanke gekommen, den Begriff Gymnasium mit höheren Zielen gleichzusetzen. Ich war ein Hürdenläufer, der die Beine nicht hochbekam und sich durchzumogeln versuchte, indem er um die Hürden herumlief.

Französisch war das absolute Grauen. Ich hatte es nur gewählt, weil mein Cousin Michael der Meinung war, Französisch wäre *die* romantische Sprache, mit der man alle Frauenherzen eroberte. Das klang ja nicht schlecht, aber was sollte an dieser Sprache bitte schön romantisch sein? Französisch war ein Grauen, Erdkunde und Geschichte kamen bald dazu. Ich gab mir Mühe, doch meine Leidenschaft war oberflächlich. Ich lernte seitenweise auswendig, konnte das Gelernte aber nicht anwenden. Ich hielt mich gut in Deutsch und Kunst, es rettete mich aber nicht.

Der Brief kam im Juni.
Ich saß auf dem Hochbett. Die wichtigsten Arbeiten lagen hinter mir, das Schuljahr näherte sich dem Ende und mein dreizehnter Geburtstag stand ungeduldig vor der Tür – der Sommer rief hungrig meinen Namen.
Ich dachte, ich hätte mein Soll erfüllt, und lag mit einem Groschenroman auf dem Hochbett. Das Heft hatte den Titel *Die Hexen vom Moor* und kam aus der John-Sinclair-der-Geisterjäger-Serie. John Sinclair stand ganz oben auf meiner Liste. Er war mein absoluter Favorit. Horror war angesagt. Für eine Mark dreißig ging vierundsechzig Seiten lang die Post ab. Und das Woche für Woche! Die Welt war nicht berauschend genug, dass sie mir genügte. Ich brauchte diese Romane, um etwas Sinnvolles mit dem Tag anzufangen. Mit Fußball allein wurde ich nicht mehr glücklich, besonders nicht, wenn es regnete, keine Turniere anstanden oder niemand sich zwischen die Pfosten stellen wollte.
Genau solch ein Tag war es. John Sinclair fetzte einem Zombie hinterher, um ihm das geweihte Kreuz auf die Nase zu drücken, das Radio dudelte dazu, ich wippte mit den Zehen, und Mutter rief aus dem Wohnzimmer:
«Zoran, kommst du mal.»

Das war keine Frage. Mutter schien schlechter Laune zu sein. Ich kletterte die Holztreppe herunter und trat ins Wohnzimmer. Da stand sie, Zigarette in der einen, Blatt Papier in der anderen Hand.

«Was ist das?», wollte sie wissen.

«Weiß nicht.»

Ein Schritt näher und sie schlug mir den Brief um die Ohren. Ich war die reinste Unschuld, und es stand mir ganz gut, wie ich da zurücktaumelte und Tränen vergießend in die Welt blickte.

«Was ...»

«Das machst *du* Vater klar.»

«Aber ...»

«Geh auf dein Zimmer, ich will jetzt nichts hören.»

Ich nahm die Stufen, als ob ich Zementsäcke schleppen würde. Aus dem Wohnzimmer kam Geschluchze. Ich sackte aufs Bett und las den Brief.

Die Schule hatte beschlossen, ich würde nicht die geforderte Leistung bringen, das Jahr müsste nachgeholt werden.

Ich war sitzen geblieben.

Scheiße auch.

Der Stunk war gewaltig, die Schande stand mir wie ein schwarzer, fleckiger Bart – und das mir, der sich noch kein einziges Mal rasiert hatte. Schamhaare hin oder her.

Erst versuchte Vater einen auf kooperativ, dann wischte er mir eine, als ihm klar wurde, dass Kooperation nichts mehr brachte. Tatsache blieb Tatsache, da führte wenig daran vorbei – aus dem Kriminellen war ein intellektueller Versager geworddsden.

Na, klasse.

Ich wusste nicht, was ich auf dem Gymnasium verloren hatte.

Adrian ging auf die Hauptschule und sprach nicht gerne darüber. Ich glaube, es war ihm unangenehm, denn Karim ging auf die Gesamtschule, und Eli und alle anderen, die wir kannten, besuchten Realschulen. Hauptschule war wie im Keller wohnen. Ich konnte Adrians unangenehmes Gefühl gut verstehen. Wenn Hauptschule für totaler Versager stand, stand Gymnasium für totales Superhirn.
Ich war besonders, wie meine Eltern den Verwandten gegenüber betonten. Aber was konnte ich mir davon kaufen? Das einzige Besonders, das ich empfand, war besonders dumm.
Was sollte es, die Karten waren verteilt. Mein Vater fragte nach dem Anschnauzer fair und freundlich, ob ich das Jahr nochmal machen oder ob ich die Schule wechseln wollte.
Ich sagte, ich mache das Jahr nochmal.
Ist doch klar.

Nur nicht lumpen lassen / Rache für SPLENDID / Kleine Schritte zum Sieg / Nichts mehr erreichen wollen, weil man alles hat / Kurzes Nachspiel / Viel zu fein für mich / I Was Made For Lovin' You, Baby / Lust / Ein Geschenk für mich / Manja berührt meinen Rücken / Hundeelend / Die Allee der schlafenden Häuser

Ich wurde dreizehn und blieb den Sommer über mit Adrian und ein paar Jungs in der Philippistraße. Karim flog nach Istanbul, Eli fuhr in den Schwarzwald. Der Rest von uns reparierte die Tore auf dem Platz und baute Höhlen mit Regenschutz. Wir keilten uns mit den Türken, die der Meinung waren, sie könnten den Platz besetzen, wann immer sie wollten, diskutierten die Tabelle der Bundesliga, wie Moses die Zehn Gebote diskutiert hatte, und lutschten Wassereis in der staubigen Hitze. Es sah für eine Weile ganz danach aus, als ob dieser Sommer unsere sinkende Begeisterung für den Platz aufleben lassen würde, als ob wir eine zweite Chance bekämen, uns zusammenzuraufen.

Ich tat vieles, aber eigentlich tat ich nichts. Ich war dabei, mich von meinen Eltern zu entfernen. Und ich war dabei, auch meine Freunde Stück für Stück zu verlieren. Die Ausreden sammelten sich, wir hatten immer weniger Zeit füreinander.

Dann war es so weit, und die Sommerferien standen ein paar Schritte vor dem Abgrund. Es war ein Dienstagmorgen, die letzte Woche vor Schulbeginn tröpfelte vor sich hin und ich ging einkaufen – Brötchen, Teewurst, Milch. Bei *BOLLE* war es leer. Eine Kassiererin stapelte Bananen, mehr Personal gab es nicht. Ich packte ein, was ich brauchte, und fuhr mit dem Einkaufswagen zur Flaschenabgabe. Acht Colaflaschen, zwei Fanta, zwölf Bier und eine Selters. Das machte fünf siebzig. Die Hälfte gehörte mir, der Rest meiner Mutter.

Die Flaschenabgabe befand sich neben den Kühlanlagen für Milchprodukte. Ich drückte auf die Klingel und wartete. Mir war das immer unangenehm. Die Klingel war schrecklich laut, und irgendjemand musste angerannt kommen, um *mich* zu bedienen. Grausam.

Aber es gab Schlimmeres.

Schlimmer war es, wenn keiner kam, und man wiederholt klingeln musste.

Genau das war der Fall.

Ich drückte erneut, wartete, dann glaubte ich aus dem Raum ein Geräusch zu hören. Ich sah hinein. Nein, nur Kisten mit leeren und vollen Flaschen.

«Hallo?», sagte ich halblaut. «Ich möchte Flaschen abgeben.»

Irgendwo am Ende des Raumes brannte ein Licht. Ich machte ein paar Schritte hinein und ließ dabei meinen Wagen mit den Flaschen draußen stehen. Es roch schal nach Bier und Orangensaft. Das Licht kam von einem Schreibtisch. Niemand saß an ihm. Glas klimperte in meinem Rücken. Erschreckt drehte ich mich um. Ein kleiner Mann mit Glatze und weißem Kittel fummelte die Flaschen aus meinem Einkaufswagen und stellte sie in die richtigen Plastikträger. Ich wagte es nicht, mich zu melden. Das gab bestimmt Ärger, ich hatte hier nichts verloren.

Der Mann schrieb mir einen Bon aus, den er mir in den Einkaufswagen legte, bevor er davonging.

Ich schluckte ein paar Mal trocken. Abwarten war angesagt, ich konnte ja jetzt nicht einfach so rausstürmen. Ich beschloss,

wenn sie mich erwischten, würde ich sagen, ich hätte das Klo gesucht. Und wie ich da so wartete und hoffte, ungeschoren davonzukommen, fiel mir diese Tür auf.
Sie war schmal und nichts Besonderes. Das Einzige, was sie besonders machte, das war das kleine Schild über der Tür.
NOTAUSGANG stand drauf.
Ich kannte dieses Schild.
Es war eine warme Erinnerung. Ich hatte schon lange nicht mehr daran gedacht, doch als ich dieses Schild sah, wie es unbeleuchtet über der Tür hing, kam gleichzeitig mit der warmen Erinnerung kalte Wut hoch.
Einfach unglaublich, wie schnell man vergeben konnte.
Es war in den ersten Jahren gewesen, damals als wir vom Wedding aus hierher zogen. Das Kino hieß *SPLENDID*. Eintritt zwei Mark für Erwachsene, eins fünfzig für uns. Ein kleines Kino, in dem einmal im Monat eine Tombola stattfand und Fotos aus dem jeweiligen Film für fünfzig Pfennig an der Kasse zu haben waren.
Sonntag für Sonntag standen wir vor den Plakaten und wägten ab, ob wir die Vorstellung um zwölf oder die um drei Uhr sehen sollten. War das Kino ausverkauft, was am Wochenende die Regel war, hockten wir uns auf den Boden, direkt vor die erste Reihe. Die Reißer kamen mittags um zwölf. Bruce-Lee-Filme, all der japanische Gruselquark mit Godzilla, Camerra und Frankensteins Monstern. Um drei gab es das ernstere Programm, meistens wirklich üble Horrorfilme oder Krimis, die uns nicht gut bekamen. Das eine Mal sah ich *Squirm – Invasion der Bestien* und konnte die Woche über keine Milch anrühren.
SPLENDID wurde aufgekauft, *BOLLE* hingestellt. Dafür hasste ich den Supermarkt und schwor, nie mehr dort einzukaufen. Und was war geschehen? Die Zeit heilte meinen Hass,

und ich kaufte ein, als ob der Laden keine düstere Vorgeschichte hätte.
Mensch, war ich tief gesunken.
Wie oft bin ich durch diesen Notausgang getreten, hinaus in einen Sonntag, der mühsam versuchte, mich an die Realität zu erinnern, während ich noch mit der Kraft der Grünen Hornisse meine Fäuste ballte oder mit der Urgewalt von Godzilla aufstampfte?
Ich näherte mich der Tür, unauffällig und seitlich gehend, als ob ich eine Wand entlangschleichen würde, und griff nach der Klinke. Sie war kalt und ließ sich federleicht runterdrücken. Die Tür ging nach innen auf. Warme Luft quoll herein. Ich streckte die Nase raus. Ja, das war der Parkplatz. Von außen fiel die Tür nicht auf. Die Backsteinwand drum herum war im gleichen Schwarz gestrichen worden, der Notausgang hatte von außen keinen Griff. Und wie ich so meine Nase rausstreckte, wuchs in meinem Kopf eine Idee heran, die Einstein das Wasser im Mund hätte sprudeln lassen.

Am nächsten Tag setzte ich mich auf den Elektrokasten, der direkt gegenüber vom Parkplatz des Supermarktes stand. Eine Tüte Chips und eine Büchse Lift leisteten mir Gesellschaft. Ich blieb bis um eins, lief dann zum Zeitungskiosk und kaufte mir den neuen John-Sinclair-Roman. Der Feierabend war wichtig. Wahrscheinlich konnte ich mir die Zeit davor sparen, aber ich wollte sichergehen. Kein Risiko. Zeit hatte ich genug.
Um sechs schloss der Supermarkt seine Tore, das Gemüse wurde reingekarrt, die letzten Kunden strömten raus. Der Parkplatz war um diese Zeit bis auf zwei Autos leer. Ich hatte John Sinclair beendet, baumelte mit den Füßen und knabberte mir vor Ungeduld die Unterlippe weg.
Bisher war keiner durch den Notausgang gekommen.

Punkt halb sieben verließen zwei Frauen den Supermarkt durch den Haupteingang. Die eine Frau steckte einen Schlüssel in die Wand und drehte ihn. Ein Gitter glitt elektrisch betrieben herunter. Danach gingen die Frauen zu den zwei Wagen, stiegen ein und fuhren davon.

Ich rutschte vom Stromkasten und ging pfeifend nach Hause.

Mittwochmorgen – eine Minute nach acht – trat ich durch die aufgleitende Eingangstür des Supermarktes, nahm mir einen Einkaufswagen und stellte zwei Pfandflaschen hinein. Ich war allein in den Gängen, meine Skrupellosigkeit professionell.

Als ich bei der Flaschenabgabe ankam, sah ich mich um, niemand in Sichtweite.

Ich ließ den Wagen stehen und ging hinein.

Der Raum roch wie beim letzten Mal, nichts schien sich verändert zu haben, verlassener Schreibtisch und so. Für einen üblen Moment glaubte ich, dass sie die Tür zugemauert hatten. Verdammt, sie war weg.

Meine Augen gewöhnten sich an das Dämmerlicht.

Nein, es standen nur einige Träger mit leeren Flaschen davor.

Ich wartete eine Weile, dass jemand kam, saß dabei auf einem der Träger und schwitzte wie blöd. Dann stand ich auf und bewegte den Turm ein Stück. Es knirschte laut. Ich legte aus Vorsicht eine weitere Pause ein. Als ich mich sicher fühlte, drückte ich den Griff runter und zog die Tür einige Zentimeter nach innen auf. Dann klemmte ich meinen rechten Fuß in die Öffnung, holte aus meiner Hose schwarzes Isolierband und klebte es über das Schnappschloss. Ich zog meinen Fuß weg. Die Tür fiel zu. Das Schloss schnappte nicht. Ich zog an der Klinke. Die Tür ließ sich öffnen, ohne dass ich die Klinke hinunterdrücken musste.

Ich schob die Flaschenträger an ihren Platz und ließ einen kleinen Abstand, atmete tief durch und verließ die Flaschenausgabe mit schnellen Schritten. Einen Meter von mir entfernt verteilte eine Frau Eierkartons im Regal. Ihr Rücken war mir zugewandt, und als ich meinen Wagen ergriff und anschob, schrak sie zusammen.

«Huch, ich habe dich gar nicht kommen hören», sagte sie.

Ich grinste, stemmte meine Arme gegen den Einkaufswagen, um das Zittern meiner Arme zu unterdrücken, und rollte ratternd an ihr vorbei.

Nur nicht lumpen lassen / Rache für SPLENDID / **Kleine Schritte zum Sieg** / Nichts mehr erreichen wollen, weil man alles hat / Kurzes Nachspiel / Viel zu fein für mich / I Was Made For Lovin' You, Baby / Lust / Ein Geschenk für mich / Manja berührt meinen Rücken / Hundeelend / Die Allee der schlafenden Häuser

Ich wollte keine große Show daraus machen. Ich wollte nur, dass meine Freunde auf die Knie fielen vor Dankbarkeit. Ich wollte Tränen der Bewunderung über ihre Gesichter rollen sehen, hilfloses Gestammel, all so was. Folglich musste ich es locker angehen.

Mein erster Schritt war, uns alle vier für eine Nacht unter ein und dieselbe Haube zu bekommen. Also erzählte ich Adrian, dass ich einen Plan hatte.

«Plan?», fragte er.

«Ja, Plan», sagte ich, «kannst du mir helfen?»

«Um was geht es?»

«Eine Nacht, wir vier, keiner darf wissen, was wir tun.»

Adrian biss an und bearbeitete seinen großen Bruder. Pauli, der noch immer dieses Loch von einem winzigen Zimmer im Hinterhof hatte, wurde überredet, diese eine Nacht in Adrians Bett zu verbringen. Von Samstag zu Sonntag. Wahrscheinlich hatten Karim, Eli und ich an dem Sonntagmorgen ein Spiel, doch das war zweitrangig. Wir würden das schon hinkriegen.

Karim eiste sich zu Hause los, Eli hatte damit überhaupt keine Probleme, blieb nur ich.

«Wo?»
«Bei Pauli.»
«Pauli?», sagte meine Mutter, als hätte sie den Namen noch nie gehört.
«Adrians Bruder», erklärte ich.
«Der Langhaarige da unten? *Der?*»
Pauli hatte die Angewohnheit, seine Musik durch den Hinterhof hallen zu lassen, hauptsächlich AC/DC und Iron Maiden.
«Ja, der. Er ist aber in der Nacht nicht da.»
«Und?»
«Wir ... wir wollen quatschen und Karten spielen. Ganz gemütlich. Weil ... weil Eli wegzieht.»
«Wie? Wieso zieht Eli weg? Wohin denn?»
«Nach ... Bonn ... sein Vater fängt dort auf einer neuen Stelle an.»
«Ach was, die ziehen weg?»
«Mhm.»
«Okay, du bist aber um zehn zu Hause.»
«Mama, ich ... wir wollten da alle zusammen übernachten.»
Ihre Augen weiteten sich.
«Was ist schlecht an deinem Bett?»
«Nichts, aber Eli geht doch weg.»
«Dann soll er doch weggehen, was hat das damit zu tun?»
«Letzter Abschied.»
«Letzter Abschied? Wo wollt ihr überhaupt alle schlafen? Das ist doch nur ein Zimmer.»
«Schlafsäcke.»
«Du hast keinen Schlafsack.»
«Ich schlafe auf dem Bett.»
«Da kommen bestimmt Mädchen.»
«Was für Mädchen sollen da kommen?»

«Na, diese Magere da, die Süchtige.»
«Ines ist nicht süchtig, Mama, sie ist nur sehr schlank.»
«Ach, was du nicht sagst. Ihr trinkt doch keinen Alkohol?»
«Was?»
«Alkohol? Rauchst du etwa schon?!»
«Mama, ich hasse Zigaretten.»
«Wenn du anfängst zu rauchen, dann ...»
Sie hob die Hand, zeigte mir, wie ich links und rechts eine gewischt bekommen würde, wenn mir geschehen sollte, was ihr vor zwanzig Jahren geschah, und was sie zu dem machte, was sie jetzt war – Kettenraucherin, zwei Schachteln am Tag, zehn Minuten ohne und sie wurde hypernervös.
«Wann kommst du wieder?»
«Zum Frühstück. Ich habe Sonntag vielleicht ein Spiel.»
«Hat der da unten Telefon?»
«Nein.»
Sie schwieg und legte das gebügelte Hemd zur Seite. Die nächsten Minuten betrachtete ich ihre Kunst, jede Falte aus einer Hose herauszuholen, während sie sinnierte, was sie mir antworten sollte.
«Was sagt Adrians Mutter dazu?»
«Sie kommt um zehn und deckt uns zu.»
«Werd nicht unverschämt.»
«Nein.»
«Wenn dein Vater einverstanden ist, kannst du die Nacht dort verbringen, aber mach keine Gewohnheit draus.»
«Niemals.»

Nur nicht lumpen lassen / Rache für SPLENDID / Kleine Schritte zum Sieg / **Nichts mehr erreichen wollen, weil man alles hat** / Kurzes Nachspiel / Viel zu fein für mich / I Was Made For Lovin' You, Baby / Lust / Ein Geschenk für mich / Manja berührt meinen Rücken / Hundeelend / Die Allee der schlafenden Häuser

Um Viertel vor eins waren wir hundemüde.

Eli lag ohnmächtig auf dem Sofa, und Karims Hand kam seit Mitternacht nicht mehr aus der Chipstüte. Adrian fixierte den Krimi im Fernsehen mit solch einer Konzentration, dass ihm eine Ader an der Stirn hervortrat. Auch ich war ein Bündel. Wir hatten herumgeblödelt und gelacht, wir hatten Karten gezockt und massenweise Cola getrunken. So was hatte es bisher noch nicht gegeben. Wir wunderten uns, dass keiner von uns schon früher auf die Idee gekommen war. Wann immer ich mich in Paulis kleiner Wohnung umsah, fühlte ich mich wohl in der Gesellschaft meiner Freunde. Ihnen schien es genauso zu gehen. Es entstand keine Streiterei zwischen Eli und Karim, es gab kein Sticheln von Adrian und kein Nörgeln von mir. Wir redeten über Mädchen, Küssen, Fummeln. Darüber, wer mit wem ging, wie wir uns kennen gelernt hatten und was unsere Pläne waren. Wir wärmten alte Geschichten auf, all die Kämpfe mit den Banden aus der Umgebung, die Niederlagen und Siege gegen die Türken. Es gab auch Dinge, über die wir nicht sprachen, niemand erwähnte Sprudel, niemand fragte sich, was Terri jetzt tat. Sich zu erinnern schlauchte, und als wir die Kraft verloren, zu lachen oder einen Spruch zu machen, saßen wir einfach nur herum und waren ruhig.

«Was …?»
«Mh?»
Eli gähnte, probierte es nochmal:
«Was … erzählst'n deiner Mutter?»
«Ich werd ihr erzählen, dein Vater hätte es sich anders überlegt, ihm wäre Bonn zu weit.»
«Echt gut», meldete sich Karim, wobei nicht klar war, ob er meine Antwort meinte oder die Chips. Seine Hand kam beim Mund an und blieb dort.
«Du musst kauen», schlug Eli vor.
Karim kaute.
«Die kriegen ihn nicht», murmelte Adrian.
Wir sahen alle zum Fernseher.
«Die kriegen ihn nicht, oder?»
Adrian zeigte auf einen drahtigen Kerl, der auf einem Hausdach balancierte, während in seinem Rücken zwei Hubschrauber und etwa fünfhundert Polizisten folgten. So was war zu viel für Adrian. Er brauchte eine Antwort, ich tat ihm den Gefallen.
«Erst nachher.»
«Wann?»
Ich versuchte mich zu erinnern, war schon lange her, dass ich den Streifen gesehen hatte.
«Im Restaurant», sagte ich vage, «da verrät ihn der Bulle.»
«Bulle? Was für'n Bulle?»
«Na, der Spitzel, du weißt schon.»
«Den haben sie doch kaltgemacht.»
«Nee, denkste, der kommt wieder, war nur 'n Trick.»
Ich blickte auf die Uhr. Wenn nicht jetzt, dann niemals.
«Okay, wollen wir?»
Sie rappelten sich auf, machten einen auf lässig, aber ich konnte hinter ihren Bewegungen die Unruhe erkennen. Sie

fragten sich, was dieser jugoslawische Teufelskerl nur mit ihnen vorhatte und warum er diese ganze Chose hier veranstaltete. Musste ja was mächtig Großes sein, Mann, sonst würde er sein blaues Wunder erleben.
Wir schlichen aus der Wohnung und raus auf die Philippistraße. Es war absurd, aber wir erwarteten, jeden Moment erwischt zu werden. So leicht konnte das doch nicht gehen. Wie ahnungslos waren denn unsere Eltern? Für einige Minuten blieben wir fasziniert mitten auf der Straße stehen und sahen in alle Richtungen. Wäre in dem Moment ein Auto die Straße heraufgekommen, hätten wir geschrien und wären gerannt. Was uns bannte, war die Tatsache, dass es ging. Es war nicht unmöglich. Wir hatten es herausgefordert, eine Nacht zu tun, was wir wollten, und gewonnen. Auch wenn Strafen folgen sollten, tief im Innern wussten wir, dass es möglich war.
Wir waren mächtig.
Heute, morgen und jeden anderen Tag in der Zukunft.
«Du, wo lang?»
Ich zeigte die Straße runter, sie folgten mir wortlos.
Zweimal versteckten wir uns hinter den parkenden Autos, als eine Polizeistreife vorbeituckerte. Aufgegabelt zu werden hätte unserem neuen Image geschadet. Ganz besonders meinem. Vorbestraft, sitzen geblieben und gemeingefährlich. Die hätten mir sofort lebenslänglich aufgebrummt.
Der Supermarkt kam in Sicht. Das mulmige Gefühl in meinem Magen verschwand und eine kalte Zufriedenheit breitete sich aus. In dem Augenblick wusste ich, nichts würde schief gehen.
«Da, die Auffahrt hoch.»
Das Laternenlicht schimmerte grau von den Hauswänden herunter, alle vier sahen wir krank und blutleer aus.
«Okay, hier sind wir.»

«Aha.»
«Toll.»
«Und?»
«Wisst ihr, was das mal war?»
«Du, in Geschichte war ich noch nie so doll.»
«Hör auf zu labern, lass ihn reden», verlangte Eli.
«Ja, red, Mann.»
«Erinnert ihr euch noch ans *SPLENDID*?»
«Was für 'ne Frage? Klar erinnern wir uns.»
Karim nickte, Eli dämmerte es:
«He, das ist doch der Parkplatz. Das ist der ehemalige Parkplatz vom Kino.»
«Na toll, du, ganz toll erkannt.»
Ich glaube, Karim war stinkig, weil Eli ihn zurechtgewiesen hatte. Er spuckte aus und drehte sich weg. Es sah so aus, als ob er gehen wollte.
«Darf ich euch einladen?»
Ich streckte meine Hand aus, berührte die schwarze Wand neben mir und drückte den Notausgang vorsichtig nach innen auf. Kurz wurde er blockiert, dann verschwand der Widerstand und die Flaschenträger im Inneren rutschten über den Boden.
«Was soll das denn, Mann?»
Adrian kam näher, Eli blieb im Hintergrund und sagte ein zweites Mal:
«He, was soll das denn?»
«Ich glaub, ich spinne!»
Adrian rief das nicht, er quietschte es zwischen den Zähnen hervor. Er klang wie eine Ratte, die sich in eine Moulinex verirrt hatte. Karim war sofort an Adrians Seite und beide lugten durch die Tür.
«BOLLE?», sagte Karim.

«*BOLLE*», antwortete ich.
In einer Reihe marschierten wir hinein, durchquerten den Lagerraum und betraten den Supermarkt. Die Innenbeleuchtung war auf Sparflamme gestellt, was nicht viel daran änderte, dass alles gut sichtbar blieb.
«Das ist 'n Traum, Mann, echt 'n Traum.»
Eli berührte mit seinen Fingerspitzen die Regale, als ob er einen Gartenzaun entlanglaufen würde; Karim blieb an meiner Seite und löcherte mich mit Fragen, während Adrian einem Zombie gleich davonstakste.
«Mensch, du, wie hast du das gemacht? Sag schon!»
«Wird nicht verraten.»
«Hast 'nen Nachschlüssel?»
«Hast du einen gesehen?»
Karim blieb bei der Getränkeabteilung stehen und dachte über meine Worte nach, während er eine Dose Cola knackte. Weiter vorne sah ich Adrian, wie er das Gitter an der Kasse hochschob und seine Jacke mit Zigarettenschachteln füllte.
«Willst du abbeißen?»
Eli hielt mir einen angeknabberten Negerkuss entgegen, in der anderen Hand war eine ganze Packung voll.
«Nee, gib mir lieber einen ganzen.»
So standen wir da, schaufelten Negerküsse in uns rein und genossen die Stille des Supermarktes. Adrian kam zu uns. Seine Jacke beulte sich nach allen Seiten aus, wahrscheinlich hatte er sich die Zigarettenschachteln bis runter in die Socken gestopft. Er sah aus wie falsch aufgepumpt.
«Das können wir jetzt jeden Abend machen», stellte er fest.
«Was für 'ne Idee!», kam es von Eli. «Wann immer wir Hunger oder Durst haben, kommen wir kurz mal hier vorbei und tanken auf, o Mann, was für 'ne Idee!»
Ich nickte, meine Freunde waren schon helle Köpfe. Besonders

über Eli wunderte ich mich. Seine Moralvorstellung schien doch nicht viel wert zu sein. Oder war sie in diesem speziellen Fall aufgehoben? Das war das Gute an der Moral, sie war eine Angelegenheit, die man so oder so auslegen konnte.

Das Knattern eines Einkaufswagens schepperte näher, dann bog Karim um die Ecke. Colaflaschen, Chipstüten und Berge von Süßigkeiten machten es ihm schwer, den Wagen geradeaus zu lenken.

«Das läuft nicht», erklärte ich.

«Was?»

«Das fällt auf.»

«Aber …»

Adrian hatte den Durchblick, er half mir und sagte, Karim sollte den Schwachsinn sein lassen. Auffälliger ginge es ja wohl nicht.

Karim murrte und öffnete eine zweite Dose Cola.

«Übrigens …»

Eli legte mir seine Hand auf die Schulter.

«Das macht dir keiner so leicht nach», sagte er.

«Ach komm …»

«Nein, ehrlich. Das ist fast schon ein Einbruch.»

«Du, das *ist* ein Einbruch.»

«Karim hat Recht, das ist ein Einbruch. Mann, du bist ein Hammer.»

Aus den Augenwinkeln sah ich, wie sich Adrian bei den Worten wand.

Adieu, König der Diebe.

Um fünf wussten wir nicht mehr, was wir noch im Supermarkt anstellen sollten. Ich hatte bekommen, was ich wollte. Keine Urkunde war notwendig. Die paar Sekunden unter den bewundernden Blicken meiner Freunde reichten völlig.

Wir hatten die aufgerissenen Verpackungen und leeren Dosen in zwei Plastiktüten gesammelt, Eis auf Eis verschlungen und unsere Jacken- und Hosentaschen mit Schokoriegeln vollgestopft. Es gab eine erneute hitzige Diskussion mit Karim, warum wir nichts Bombastisches mitnehmen konnten. Auch Eli wollte zugreifen, doch Adrian und ich blieben hart. Kein Träger mit Colaflaschen, wie Karim es vorhatte; und keine Kartons mit Scheiblettenkäse, auf die Eli mächtig stand.
«Ein anderes Mal», schlug ich vor, «wenn wir mit den Fahrrädern da sind.»
Sie schätzten ihre Chancen ab, dann sagte Eli:
«Ist gemacht, Mann.»
Wir checkten ein letztes Mal die Gänge, wollten ja keine Spuren hinterlassen. Einer hinter dem anderen durchquerten wir dann die Flaschenabgabe: Karim mit den Mülltüten in den Händen ging voraus, dahinter Adrian, Eli und ich. Natürlich musste ich der Letzte sein, als König spielte man das Schlusslicht. Zumindest dann, wenn es um Supermärkte ging.
«Seid ihr euch sicher, dass ihr alles habt?», fragte ich, die Tür mit der linken Hand aufhaltend.
Sie suchten nach ihren Hausschlüsseln, tasteten nach den Hüllen ihrer Monatskarten – alles war am Platz.
«Da liegt noch was.»
Ich drehte mich um. Da lag die Verpackung von *Brauner Bär*, meinem Favoriteneis. Sie musste aus der Tüte gefallen sein.
«Halt mal kurz die Tür.»
Eli tat mir den Gefallen. Ich verschwand rein, hob das Papier auf und schob es mir in die hintere Hosentasche. Ein letzter, tiefer Atemzug der süßen Luft Luxus.
Ich drehte mich um.
Von der Dunkelheit der Flaschenausgabe aus konnte ich Karim und Adrian draußen auf dem Parkplatz stehen sehen, wie

sie nervös von einem Bein aufs andere traten, ausspuckten und wegen der Nachtkälte nahe beieinander standen.
Eli sah mich fragend an.
Ich hatte in dem Moment das Gefühl, nichts mehr im Leben erreichen zu wollen. Das war naiv. Das war, als würde man denken, Zufriedenheit hätte eine Haltbarkeitsgarantie. Hatte sie nicht. Auch meine nicht.
«Kommst du, Mann?»
«Jaja.»
Ich kam, Eli trat zurück. Ich verließ den Supermarkt und zog die Tür leise zu, dann wandte ich mich an meine Freunde.
«Das war's dann wohl.»
Adrian lachte.
«He, das war erst der Anfang, Mann, der Anfang!»
«Ja», flötete Eli, «erst der Anfang!»
«Da kannst du drauf wetten, du!»
Wir legten die Arme umeinander.
Freunde fürs Leben.
Eine Clique.
«Ja!», rief ich in die Nacht hinaus und hielt die geballte Faust mit dem abgerissenen Stück Isolierband darin dem Himmel entgegen.
«Ja!»

Nur nicht lumpen lassen / Rache für SPLENDID / Kleine Schritte zum Sieg / Nichts mehr erreichen wollen, weil man alles hat / **Kurzes Nachspiel** / Viel zu fein für mich / I Was Made For Lovin' You, Baby / Lust / Ein Geschenk für mich / Manja berührt meinen Rücken / Hundeelend / Die Allee der schlafenden Häuser

Das kurze Nachspiel ist fast nicht erwähnenswert.
Keine Woche verging, bevor Adrian vorschlug, erneut loszuziehen.
Ich hatte mich schon gefragt, ob er nicht versucht hatte, alleine reinzukommen. Nein, er hatte nicht. Der Grund war plausibel. Adrian und auch Karim und Eli glaubten, ich hätte einen Schlüssel.
«Nun komm, mach schon.»
Es war Dienstagabend, kurz vor zehn, die Straßen nicht so leer, wie sie sein sollten, um sich das zu erlauben, was wir uns erlauben wollten. Aber meine Freunde schissen drauf, sie waren hungrig nach Luxus, geil nach Überfluss.
«Da kann ich nichts machen, sie ist zu», sagte ich.
Eli trat ran und schob.
«Sie ist zu», bestätigte er.
Adrian wandte sich an mich:
«Wie hast du sie denn letztes Mal aufgemacht?»
Er war gereizt. Trotzig streckte er mir das Kinn entgegen. Ich glaube, hätte er von dem Isolierband gewusst, hätte er mich an Ort und Stelle verprügelt.
«Die Tür war offen. Reiner Zufall. Ich habe mich aus Versehen gegengelehnt und sie schwang nach innen auf.»

Das klang lahm, ich konnte es an ihren Gesichtern ablesen.
«Red keinen Scheiß, Mann, du hattest doch 'nen Schlüssel?»
«Nein, ich sag doch ...»
Eli unterbrach mich, indem er mit den Handknöcheln gegen die Tür klopfte.
«Du hast dich also gegengelehnt und sie ging auf? Was hast du hier überhaupt gemacht?»
«Eli, ich fuhr mit dem Fahrrad herum. Ich setzte mich hin. In den Schatten. Hierhin. Direkt an diese Mauer, wie wir es schon tausendmal zusammen getan haben. Ich ruhte mich aus von der Hitze, saß im Schatten und trank 'ne Lift. Ist das so unglaublich?»
«Gegen die Tür da?»
«Gegen die Tür da. Ich wusste nicht mal, dass es 'ne Tür ist. So unscheinbar ist sie. Guck sie dir doch an. Da habe ich mich gegengelehnt. Nicht mehr ist passiert.»
«He, du, da habe ich mich auch schon mal gegengelehnt», sagte Karim, «aber sie ging nicht auf.»
Er beugte sich vor und betrachtete die Tür aus der Nähe.
Adrian spuckte aus und trat wütend gegen das Metall.
«Scheiße.»
«Ist vielleicht der Lieferanteneingang», mutmaßte Eli.
«Klar, sind ja Flaschen drin. Du, die haben wahrscheinlich vergessen abzuschließen, und du hast es entdeckt.»
Karim strahlte mich an. Er hatte die Lösung auf Lager.
«Außerdem», fügte er hinzu und kratzte mit einem Fingernagel an der Farbe herum, «gibt es überhaupt kein Schlüsselloch, du. Das Schlüsselloch muss innen sein.»
«Scheiße», grunzte Adrian, «ich habe den Jungs versprochen, sie mit reinzunehmen.»
«Welchen Jungs?»

«Na, Klaus, Matze und Uli. Die wollten auch mal rein.»
Eli tickte aus:
«Sag mal, spinnst du? Das war unser Ding, wie blöd bist du denn, Mann.»
«Halt die Luft an.»
«Halt du sie an!»
«Recht hat er», sagte ich, «das war 'ne Kackidee, Adrian.»
«Scheiße», fluchte er.
Wir brüteten vor uns hin, hockten an der Rückwand des Supermarktes.
«Vielleicht, wenn wir ab und zu nachschauen, du, vielleicht vergessen sie es nochmal, dann könnten wir erneut rein.»
«Klasse, Karim, du schaust jeden Tag nach und sagst uns Bescheid, wenn es so weit ist.»
«Eli, lass ihn in Ruhe.»
Eli ließ ihn in Ruhe, kratzte sich am Ohr, kratzte sich am Kinn, begann sich wie blöd zu kratzen und sagte dann:
«Der Platz ist verkauft.»
Wir schluckten die Nachricht schmerzhaft hinunter. Geahnt hatten wir es schon lange, deswegen sparten wir uns jeden Kommentar und standen auf. Nein, darüber reden konnten wir nicht. Nicht wir. Nicht jetzt. Das war so, als ob wir über eine geplante Beerdigung reden sollten. Wir vier in vier Särgen. Wer wollte schon darüber sprechen?
«Mein Vater hat sich eingesetzt, wisst ihr», erklärte Eli, «er hat getan, was er konnte, aber die Post will das Gelände nun mal loswerden.»
Eli klang schuldbewusst, ich legte ihm meine Hand auf den Arm.
«Ist okay, war gut von ihm, es zu probieren.»
An der Kreuzung waren wir so erschlagen und erledigt von der Tatsache, dass keiner von uns daran dachte, bei Rot rüberzu-

gehen. Wir standen wie anständige Bürger am Straßenrand und warteten, dass die Ampel umschaltete. Die Zeit schien stillzustehen, und dieser lange Moment des Wartens weckte mich. Von einer Sekunde zur anderen glaubte ich zu begreifen, dass wir alle vier etwas verloren hatten. Nicht den Platz. Nichts Materielles. Ich glaube, es war unsere Fähigkeit, Freunde zu sein. Da standen wir, und keiner von uns wusste, wie es weitergehen sollte. Keiner sprach darüber. Unsere Zukunft war wie eine leere Leinwand, und niemand hatte uns erklärt, wie man den Projektor bedient.

Eli sollte wie sein Vater bei der Post einsteigen, obwohl eigentlich Fußballer sein großer Traum war. Ohne dass er es uns sagen musste, wussten wir, dass er auf der Realschule neue Freunde gefunden hatte. Freunde, die sich für Dinge interessierten, die uns nicht juckten. Das Gleiche galt für Karim. Die Anrufe wurden spärlicher, das Herumhängen vor der Nummer 6 kürzer und kürzer, hier mal ein Hallo, da mal ein *He-ich-muss-schnell-weg*. Und Adrian? Adrian war ein Fremder. Er war mit einer Geschwindigkeit gealtert, die mir Angst machte. So schnell hatte ich es mir nicht vorgestellt. Etwas Kaltes und Berechnendes lag in seiner Art. Seine Schule war bald beendet, dann kam das Busfahren an die Reihe. Jeder wusste, dass er mit den Rauchern zusammenhing. Keiner sagte was dazu. Das war Adrians Ding.

Und was war meines? Wohin wollte ich?

Ich wusste es nicht, und als die Ampel umschaltete, hob ich im Gleichklang mit meinen Freunden den linken Fuß und erlebte ein ganz besonderes Gefühl, als wir alle vier lossprinteten und einen Wettlauf bis zur nächsten Ecke hinlegten.

Ich war mir sicher, alles würde gut werden. Es war nämlich nicht wichtig, wer diesen Wettlauf gewann. Es war nur wichtig, dass wir alle vier ankamen. Lebendig.

Nur nicht lumpen lassen / Rache für SPLENDID / Kleine Schritte zum Sieg / Nichts mehr erreichen wollen, weil man alles hat / Kurzes Nachspiel / **Viel zu fein für mich** / I Was Made For Lovin' You, Baby / Lust / Ein Geschenk für mich / Manja berührt meinen Rücken / Hundeelend / Die Allee der schlafenden Häuser

Wir schwitzten mörderisch und torkelten müde hinter den Bällen her, das Gras klebte an unseren Töppen, die Schwerkraft zerrte an jedem Knochen. Unser Blick war gesenkt. Es brachte wenig, in der Gegend rumzustarren, wenn man den Ball vor sich hertreiben sollte. Natürlich mussten wir es im Spiel ohne Hinunterschauen können, logisch, aber an diesem Sommerabend besaß keiner mehr die Kraft, seinem Können zu vertrauen. Ballgefühl entwickeln war schön und gut, aber bitte nicht nach zwei vollen Stunden Konditionstraining.

«Legt 'nen Zahn zu, hopphopphopp.»

Ich umrundete die Fahnenstange und gab Gas. Das war nicht, um den Trainer zu beeindrucken. Nein. Es gab andere Gründe. Ich wollte das Letzte aus mir herausholen, mir gefiel der Schmerz, der sich in meinem Körper ausbreitete. Ich genoss ihn, fühlte mich dadurch stark und eisern. Mein Fleisch brüllte lustvoll und jeder Muskel war geschmeidig und wie geölt. Die Lungen dankten mir, mein Herz applaudierte, nur mein Hirn bog sich vor Lachen, weil Manja neben ihrer Schwester am Spielfeldrand stand und mir zuschaute.

«Kommt, Jungs, noch eine Runde», rief der Trainer, «dann legen wir ein Spielchen hin.»

Seufzende Erleichterung überall. Auch Karim legte einen

Zahn zu, als sei er nicht im Mindesten erschöpft. Ich blieb ihm auf den Fersen. Auch er war scharf auf Manja, der kleine Scheißer, der.
Der Zufall ergab es, dass wir gegeneinander antraten. Ich kicherte vor mich hin und faulte Karim, so unauffällig ich nur konnte. Er war kleiner, gedrungener, ein fieser Schulterstoß und er lag auf dem Rasen.
«He, du, lass mal langsamer angehen.»
«Was?»
«Langsamer.»
«Oh, entschuldige.»
Ich grinste zu Manja rüber und half Karim nebenbei auf die Beine. Fünf Minuten später küsste ich das Gras.
«Sehr komisch, Karim.»
«Du, das war nicht mit Absicht.»
«Denkst du, ich weiß nicht, was hier gespielt wird?»
Karim bot mir die Hand an, ich sah drüber hinweg und humpelte über den Rasen.
Unter der Dusche sprach ich kein Wort mit ihm und ließ mir beim Umziehen eine Menge Zeit, damit er vor mir draußen war. Manja würde auf mich warten, das wusste ich.
Nur Ines stand draußen.
«Wo …?»
Ich sah die beiden den Weg runterlaufen. Nebeneinander. Karim hielt seine Sporttasche an beiden Riemen lässig über die Schulter geworfen. Manjas Beine schimmerten im Licht der Laternen weiß. Der Minirock stand ihr mörderisch gut.
«Ihr könnt einem Leid tun», sagte Ines.
«Da ist was dran», sagte ich, und wir folgten meinem Freund, dem Verräter.

Ines war mir zu klug. Das Gefühl hatte ich immer, wenn wir rumliefen und miteinander redeten. Nicht dass sie intellektuelles Zeug schwafelte. So war sie nicht. Es war mehr eine kühle, geistige Distanz, die sie zwischen uns zu halten schien. Ich sagte etwas, und sie gab mir ein *Ach* und eine Portion Schweigen dazu. Adrian brachte das zur Verzweiflung. Er kam damit überhaupt nicht klar und fand keinen Weg, sie zu beeindrucken.
Das Schicksal wollte es, dass ich Ines bei *Arbeit oder Wahrheit* drei oder viermal küssen musste. Na ja, das Schicksal hatte damit eigentlich nichts zu tun, es war Karims Manipulation. Statt mir Manjas Lippen zu geben, gab er mir die von Ines. Schmal und trocken, als würde man einen Mauerspalt küssen.
Trotzdem war Ines ein echt guter Kumpel. Es machte Spaß, mit ihr Karten zu spielen, und sie hat mich nie verlacht oder vor meinen Freunden bloßgestellt. Das ist schon mal was. Außerdem interessierte sie das Training. Es gab wenig Mädchen, die etwas vom Fußball verstanden oder Interesse daran hatten. Einige Male war Ines mit auf den Platz gekommen und hatte gefragt, ob sie mitspielen dürfte. Wir sagten, klar, kein Problem, und so spielte sie mit. Das war einer der Gründe, warum sie beim Training zuschaute. Sie wollte sehen, wie das so lief.
«Es ist nicht immer so schlimm», sagte ich und reichte ihr die Seltersflasche. Ines nahm einen langen Schluck und gab sie mir zurück.
«Eigentlich war es noch nie so schlimm», fügte ich hinzu und leerte die Flasche.
«Euer Trainer nimmt euch hart ran.»
«Ja, er will, dass wir Tabellenerster werden.»
«Und schafft ihr es?»
«Weiß nicht. Sag mal, steht sie auf ihn?»

Ich ruckte mit dem Kinn nach vorne. Manja und Karim warteten an der Wegbiegung auf uns.
«Eigentlich nicht.»
«Eigentlich nicht?»
«Warum fragst du sie nicht selbst?»
Ich sah Ines von der Seite her an. Hatte sie einen Stich weg oder was? Offensichtlich blöder konnte ich mich wohl nicht anstellen, als das Mädchen, in das ich verknallt war, zu fragen, ob sie auf einen meiner Freunde stand.
«Nee, lass mal», winkte ich ab.
Wir erreichten die beiden und liefen zu viert nebeneinander. Manchmal berührte meine Hand die von Manja, manchmal streifte ihre Hüfte meine, besonders wenn der Weg eng wurde oder wir Pfützen ausweichen mussten.
Die Luft duftete nach Rauch, irgendwo wurde Laub verbrannt, und das Knattern eines Rasensprengers war wie das Reiben einer mechanischen Grille. Von den Sportplätzen klangen Pfiffe herüber und manchmal der dumpfe Nachhall eines Schusses. Es war sehr entspannend, nach dem Training durch die Jungfernheide zu laufen. Bei der Vorstellung, im Stadtinnern zu trainieren, zog sich alles in mir zusammen. Es war zwar kein Spaß, eine Dreiviertelstunde hierher rauszufahren, aber es lohnte sich – besonders in Momenten wie diesem hier, wo Manja neben mir herlief und meine Gedanken teilte.
«Es ist herrlich hier», sagte sie.
«Mhm.»
«Wir haben Sonntag 'n Spiel», stellte Karim fest.
«Hier?»
«Hier, 'n Heimspiel. Wollt ihr kommen?»
Die Frage war zwar an beide Schwestern gestellt, ansehen tat Karim aber nur Manja.
«Weiß nicht», sagte Manja lahm.

Ines hielt sich raus. Ihr Gesicht blühte in dem schwachen Licht. Ich glaubte ein Lächeln zu erkennen.
«Ich gebe eine Fete», platzte es aus mir heraus.
Karim stolperte vor Schreck.
«Wann denn das?»
Ahh, volle Aufmerksamkeit von Manja, keine Lahmheit mehr, und Ines' Lächeln war jetzt ein Grinsen.
«Phu … den Samstag darauf?», murmelte ich und versuchte es nicht wie eine Frage klingen zu lassen.
«Den Samstag darauf?», wiederholte Karim.
«Hörst du schlecht, Alter?»
«Aber warum …»
Ich unterbrach ihn mit einem Kopfschütteln und einem gekonnten Tststs.
«Schwachkopf», sagte ich, «mein Geburtstag.»
Das war gewagt, denn mein Geburtstag lag zu dem Zeitpunkt drei Wochen und fünf Tage zurück. Keiner brauchte mich daran zu erinnern, deswegen sagte ich:
«Nachfeiern.»
«Und deine Eltern?»
«Die haben es vorgeschlagen.»
«Ach.»
«Was *ach*?»
«Nichts *ach*.»
«Toll», sagte Ines.
«Spitze», sagte Manja.
«Mhm», sagte ich.

Vor ihrer Haustür hingen wir noch eine Weile herum, gaben unser Bestes, um sie zu unterhalten, und scheuerten dabei unruhig mit unseren Turnschuhen über das Kopfsteinpflaster, als ob wir Rennpferde wären, die auf einen Lauf warteten. Nachdem die Schwestern nach oben gegangen waren, standen Karim und ich am Bordstein vor der Nummer 5 herum und spuckten gegen den Laternenpfahl. Ich wusste, ich musste am Tag meiner Fete aufs Ganze gehen. Egal was raussprang, ich würde Manja fragen, ob sie mit mir gehen wollte. Karim war keine Gefahr. Nein, nicht Karim. Er spuckte im Moment zwar höher und grinste cooler, wenn er beim Training erschöpft war, das hieß aber noch lange nichts.

«Das mit der Fete, du, das hast du doch erlogen, oder?»

«He, was soll das ...»

«Wir sind doch Freunde», unterbrach er mich.

«Klar.»

«Oder?»

«Natürlich.»

«Also?»

«Nicht erlogen, das war ehrlich.»

Er spuckte und kam fast ans Licht heran.

«Mein Vater hatte die Idee», sagte ich, «er war der Meinung, es wäre mal wieder Zeit für gute Stimmung.»

Karim kannte meinen Vater, und das Letzte, was der vorschlagen würde, das wäre eine Fete in unserer Wohnung – wegen der guten Stimmung.

«Und meine Mutter», schob ich hinterher, «hat gemeint, sie könnte dann einen Kartoffelsalat zubereiten und Würstchen kochen. Und ich sagte: He, Mama, das ist eine tolle Idee.»

Karim spuckte erneut, dann sah er auf seine Füße und fragte:

«Du, was machen deine Eltern eigentlich, wenn die Fete ist?»

«Die ... die gehen weg.»

«Weg.»

«Ja, ins Kino.»

«Deine Eltern … waren die schon mal im Kino, du?»
«Hä?»
«Meine waren es noch nie.»
«Noch nie im Kino?»
«Noch nie.»
«Verrückt.»
Mein Mund war trocken, und ich brach das Spiel ab. Keine Ahnung, ob meine Eltern jemals in einem Kino saßen, auf jeden Fall war es wert, darüber nachzudenken.
«Also übernächsten Samstag?», sagte Karim.
«Mhm.»
«Und du, du bist dir sicher …»
«Völlig.»
«Scharf. He, du, ist das Adrian?»
Er war es. Tobi an der Leine, kam er von der Ecke die Straße herunter. Spitze Schuhe, Lederjacke, Kettchen am Handgelenk, Zigarette in der Hand. Um ehrlich zu sein, ohne Hund hätte ich ihn nicht erkannt. Sein Gang war anders. Sein ganzes Benehmen wirkte auf die Entfernung wie das eines Fremden, dem ich nicht im Dunkeln begegnen wollte.
«O Mann, sieht der aus», sagte Karim.
«Cool, was?», sagte ich.
«Na, ihr zwei», sagte Adrian.
«Hi.»
«Hi.»
«Was läuft?»
«Kommen vom Training.»
«Ah.»
«Haste schon gehört, Zoran gibt 'ne Fete.»
«Was? Wann denn das?»
«Übernächsten Samstag», sagte ich.
«Ach, sieh an. Bin ich eingeladen oder was?»

«Blödmann.»
Wir lachten, rieben die Hände an unserer Hosen, spuckten aus.
«War neulich auf'm Platz», sagte Adrian und schüttelte den Kopf, als hätte er jemanden im Krankenhaus besucht, um den es schlecht stand, «sieht gar nicht gut aus.»
«Was sieht nicht gut aus?»
Adrian nahm einen tiefen Zug von seiner Zigarette, hob den Kopf und blies den Rauch über die Schulter in Richtung Funkturm.
«Na, die von Opel-Hetzer rücken dem Platz auf den Leib, das müsst ihr doch mitbekommen haben. Die haben da schon ein paar Sachen vermessen.»
Wir waren lange nicht auf dem Platz gewesen, wir mieden ihn wie etwas, das im Kühlschrank nach hinten gerutscht ist und vor sich hin schimmelt.
«Sollen sie doch», sagte ich.
«Sollen sie doch», äffte mich Adrian nach.
«Mensch, bist du blöd oder was?», fügte er aufgebracht hinzu.
«Das bedeutet, die haben den Platz wirklich verkauft, kapierst du das etwa nicht?»
Ich sah in die Wolken. Platz und verkauft – ich wollte davon nichts hören. Nicht gehört, nicht gesehen, nicht geschehen. Außerdem glaubte ich nicht daran. Karim sah es genauso:
«He, du, wer will denn diese Senkgrube schon haben, Mann? Opel-Hetzer kauft den Platz und lässt den so, das wird passieren, das weiß doch jeder. Du, das Loch will doch keiner haben, was sollen sie überhaupt damit anfangen?»
Es gab wirklich keinen logischen Grund für Opel-Hetzer, das Gelände zu kaufen. Schon das Zuschütten der Grube musste ein Vermögen kosten. Vom Platz aus war die Rückseite des Opel-Gebäudes eine Backsteinmauer. Vielleicht störte es diese

Autofreaks, wenn wir ab und zu den Ball dagegen droschen. Aber das konnte es nicht sein, unmöglich.
«Vielleicht machen die 'nen richtigen Platz daraus», mutmaßte ich.
«Klar und danach nehmen sie euch zwei als Trainer und ich werde Torwart der Nationalmannschaft.»
«Hahaha», machte ich.
«Das läuft nicht», sagte Karim trocken.
«Was?»
«Das läuft nicht, Adrian, du musst vorher erst in einem Bundesligaverein spielen, damit sie dich für die Nationalmannschaft vorschlagen», erklärte Karim belehrend.
Das war ein gefährlicher Moment. Karim hatte vom theoretischen Fußball dreißig Mal mehr Ahnung als Adrian und ich und die gesamte Philippistraße zusammen. Und das war etwas, was ihm Adrian nie verzieh. Wann immer Karim den Großkotz schob, gab es Ärger zwischen den beiden. Adrian konnte es nicht verkraften, in irgendetwas hintendran zu stehen – zumindest solange es seine Freunde anging, hatte er damit echte Probleme.
«Ist doch gequirlte Scheiße», sagte er.
«Kann sein, ist aber so, du.»
«*Du* mich nicht andauernd.»
Karim wurde rot, spuckte ein letztes Mal aus und sagte, er müsste jetzt nach Hause.
«Musste heia machen?», stichelte Adrian.
«Nein», sagte Karim, «muss coole Sprüche lernen, um vor meinen Freunden anzugeben, *DU!*»
Damit verschwand er.
Adrian hob verzweifelt die Hände:
«Was habe ich falsch gemacht? Versteht er keinen Spaß?»
Wir liefen mit Tobi zwei Runden. Adrian erzählte, dass er sich

bei der BVG bewerben würde, sobald er die Schule beendet hatte. Busfahrer war sein Kindheitstraum, seit er fünf war. Er wusste schon, welche Strecke er fahren wollte. Die nach Kladow, zum Garten seiner Eltern, das wäre cool.
«Sag mal, kannst du dir vorstellen, dass ich mit Manja zusammen bin?», fragte ich, als wir vor der Apotheke hielten, um uns die Auslage anzusehen.
«Manja?»
«Ja, Manja.»
«Nee, kann ich mir nicht vorstellen. Viel zu fein für dich.»
Das wurde ein neuer Aspekt in meiner Angst. Ich war nicht nur zu jung, ich war dazu auch noch nicht fein genug. Ich fragte nicht nach, was genau Adrian damit meinte, sondern nickte nur.
«Biste scharf auf sie?»
Erneutes Nicken.
«Dann musst du dir was Besseres überlegen.»
«Natürlich weißt du schon was.»
«Wann weiß ich mal nichts?»
Ich schaute auf seine Spiegelung im Schaufenster der Apotheke. Sein Wieselgesicht schien mehr in die Länge gezogen zu sein als vorher. Während ich ihn betrachtete, fragte ich mich, wann es angefangen hatte, dass unsere alten Gesichter nicht mehr mit unseren neuen Gesichtern übereinstimmten. Unser erstes Treffen vor der Nummer 8 lag Ewigkeiten zurück.
Als Adrian sagte: *Wann weiß ich mal nichts?*, trat ein Glanz in seine Augen. So was hatte ich noch nicht gesehen. Sein Blick machte mir Angst, ich wollte Abstand zwischen uns bringen, rührte mich aber nicht. Gleichzeitig überkam mich das ungute Gefühl, Adrian nicht mehr trauen zu können.
«Was weißt du denn jetzt?», fragte ich ihn.

«Na, dass du mir vertrauen solltest», sagte er, «dann erlebst du eine richtige Überraschung, verstehst du?»
Ich sah schnell auf die Auslage der Apotheke. Ein Plakat mit der Darstellung vom Herzen und dem Blutsystem. Ich studierte Venen und Arterien, als ob ich aus ihnen meine Zukunft ablesen könnte.
«Nette Zeichnung», sagte Adrian.
«Toll, ne.»
Wir sahen uns das Plakat an, sehr nahe beieinander, dass mir der strenge Tabakgeruch aus seiner Jacke kitzelnd in die Nase stieg. Er roch auch nach Seife, *Irischer Frühling* oder so.
Tobi zerrte an der Leine und wir gingen weiter.
«Also, was für eine Überraschung soll das sein?», fragte ich.
«Überraschung ist Überraschung.»
Adrian boxte mir gegen die Schulter.
«Na, 'n Rennen?»
«Lass mal, zu müde.»
«Alte Memme, komm, mach mit.»
«Ne, wirklich nicht.»
Tobi zog an der Leine, Adrian verpasste mir einen zweiten, härteren Boxhieb und sprintete mit seinem blöden Hund davon.
Ich ließ ihn laufen, meine Beine waren sauschwer vom Training, außerdem brauchte ich Zeit, um mir zu überlegen, was ich meinen Eltern erzählen sollte wegen der bombastischen Fete, die sie am übernächsten Samstag erwartete.
Ich rieb meine schmerzende Schulter und spuckte zweimal aus, bevor ich langsam weiterging.

Nur nicht lumpen lassen / Rache für SPLENDID / Kleine Schritte zum Sieg / Nichts mehr erreichen wollen, weil man alles hat / Kurzes Nachspiel / Viel zu fein für mich / I Was Made For Lovin' You, Baby / Lust / Ein Geschenk für mich / Manja berührt meinen Rücken / Hundeelend / Die Allee der schlafenden Häuser

Mein großer Pluspunkt war die Tatsache, dass ich hängen geblieben war. Wer Erfahrung darin hat, weiß, dass die ersten Monate ein Kinderspiel sind. Besonders die Klassenarbeiten. Genau das half mir aus der Schlinge, die ich mir kunstvoll gestrickt hatte, um vor Manja anzugeben.

Mathe 2.

Deutsch 1–.

Erdkunde 2+.

Englisch eine glatte 1, ohne Schnörkel und Verrenkungen.

Danke schön.

Ich legte meinen Eltern die Noten lässig vor die Nase, war immer pünktlich zu Hause und eröffnete ihnen im Moment des höchsten Triumphes – einer sauberen 2 in Französisch – eine Fete am kommenden Samstag zu machen.

Es wurde nicht einmal nach dem Sinn gefragt.

Meine Mutter wollte wissen, was sie in der Zeit mit Vater tun sollte. Ich schlug ihr vor, mit ihm ins Kino zu gehen, worauf sie auf meinen kleinen Bruder zeigte.

«Auf den kann Susa aufpassen.»

Susa zeigte mir einen Vogel.

Ich nannte eine Tante, die das bestimmt erledigen würde.

«Nicht Kino», sagte meine Mutter.

«Warum?»
«Was soll ich da eineinhalb Stunden rumsitzen?»
«Hier machst du doch auch nichts anderes, wenn der Fernseher läuft», warf ich ein.
«Nun, hier kann ich aufstehen und Kaffee machen oder abschalten, wenn mir danach ist.»
«Aber …»
«Scht, im Kino tut mir immer der Hintern weh. Lass mal. Ihr feiert, Papa und ich sitzen in der Küche.»
«In der Küche?!»
«Was ist daran schlimm?»
«Ich … ähh …»
Ich stellte es mir bildlich vor: Mutter im Bademantel, Vater nur in Unterhosen, beide haben Kaffeetassen in den Händen, lauschen am Radio, was für neue Ergebnisse es in der jugoslawischen Fußballliga gibt. Mittendrin kommen meine Freunde in die Küche.
Es konnte nur schrecklich ausgehen.
«Übrigens, was wird überhaupt gefeiert?»
Vater legte die Füße auf den Tisch und massierte sich den Nacken. Seine Haut war vom Baden rot angelaufen, und während er auf meine Antwort wartete, wechselte das Rot langsam in ein dunkles Rosa über.
«Geburtstag», sagte ich.
Vater lachte, Mutter steckte meinem kleinen Bruder den Zeigefinger in den Mund und befühlte seinen Gaumen.
«Also?!», sagte ich ohne irgendwelchen Sinn dahinter und stand auf.
«Rutsch mal», bat Vater.
«Was?»
«Mehr nach links.»
Ich ging einen Schritt nach links, sodass er einen besseren

Blick auf den Fernseher bekam, dann sahen sie *Die Waltons*, und keiner von den beiden hatte eine blasse Ahnung davon, dass sie meine Ehre gerettet hatten.

Um acht ging es los, weil es da allmählich dunkel wurde. Jeder hatte bis dahin genug Zeit, Würstchen und Chips schnell in sich reinzustopfen, ohne blöd dazustehen, während die anderen tanzten. Punkt halb neun waren alle Hände leer.

Ich hatte keine Platten, dafür einige heiße Kassetten. Wir fuhren zu der Zeit auf Playback-Shows ab. Also machten wir daraus einen Wettbewerb.

Adrian formte mit Nicki, Kirstin und Susa eine Band, deren Namen ich vergessen habe. Aber an den Titel des Liedes kann ich mich erinnern. *Born To Be Alive*. Das war ihr Stück. Karim versuchte sich an einer Nummer von Blondie, was blöd war, denn er war ja ein Typ. *Heart Of Glass*. Das war von vornherein ein Außenseiter. Ich spielte in seiner Band das Schlagzeug, ich konnte ihn ja nicht hängen lassen. Nur Eli hielt sich raus. Er stand nicht auf Playback-Shows und fand sie albern. Was ich aber eher glaubte, das war, dass er sich einfach nicht albern geben konnte. Viel zu schüchtern. Na ja.

Die Schwestern taten einen auf die holländische Frauenband Luv und sangen irgendwas von Red Roses und solchem Zeug. Auch keine Konkurrenz. Blieb meine Schwester mit Cori. Gefährlich. Sie griffen sich Boney Ms *Rivers Of Babylon*. Das hatte Stil. Karim flüsterte mir zu, dass er glaubte, sie hätten heimlich geübt. Ich gab ihm Recht, ja, es sah voll danach aus.

Meine Band war Kiss. Adrian spielte mit mir Gitarre, während Karim das imaginäre Schlagzeug bearbeitete. Ich hatte mich für *I Was Made For Lovin' You, Baby* entschieden, und während wir diese Nummer brachten, fetzten Adrian und ich mit solch einem Solo davon, dass ich einen Moment lang glaubte, alles wäre wahr, wir würden auf der Bühne stehen und eine erstklassige Show liefern. Unsere Gitarren rieben sich im Mittelteil des Songs aneinander, der Schweiß spritzte durch die Gegend, und als der Song zum Schluss ausgeblendet wurde, hatten wir den Schuppen in der Tasche.

Gläser mit Cola und Fanta wurden gekippt, und bevor irgendjemand einen idiotischen Vorschlag machen konnte, schob ich meine spezielle Kassette ein. Blues. Schmusemusik. Es war der Kitsch in reinster Form. Dazu kam die richtige Beleuchtung, eine einzige Lampe, die auf den Boden gerichtet war. Pärchen bildeten sich, zockelten auf die Mitte des Zimmers zu, schlangen die Arme umeinander.

Manjas Gesicht war in dem dämmrigen Licht besonders blass. Sie saß auf dem Bett am Fenster, hatte das linke über das rechte Bein geschlagen und ein Glas in der Hand. Ich quetschte mich neben sie und fragte, wie sie die ganze Playbackgeschichte gefunden hatte.

«Gut.»

Wir wippten leicht zum Takt, sahen uns nicht an. Mir lag ein Klumpen im Magen. Ich wollte dieses Mädchen neben mir berühren. Länger als eine Minute. Viel länger. Ich wollte ihre Lippen, ich wollte ihre Wärme, ich wollte so viel von ihr und saß auf dem Bett wie ein ausgestopfter Teddybär.

Karim tanzte mit Cori, Adrian probierte sein Glück bei Ines, während Eli Nicki im Arm hielt. Da waren noch ein paar andere Jungs, unwichtige Gesichter, gut für ein Spiel auf dem Platz, mehr nicht. Sie waren der Ballast, der notwendig ist, wenn man mit einem Fesselballon aufsteigt. Ich war in ihren Augen genau das Gleiche – ein Typ, der ihr Leben kreuzte, sie zu einer Fete einlud und mitspielte, wenn der Ball auf dem Platz rollte. Es war fair. Wenn wir höher hinauswollten, mussten wir Ballast abwerfen, das waren die Regeln.

«Wollen wir tanzen?»
Manja stand auf, ohne ja oder nein zu sagen, und auch ich stand auf, ohne zu wissen, was geschehen sollte. Wir gingen auf die Mitte des Zimmers zu, das plötzlich riesig und bombastisch erschien, und als dann das Lied zu Ende ging und eine Pause entstand, in der keiner genau wusste, was er tun sollte, legte ich meine rechte Hand an ihre Hüfte und schob meine linke unter ihrem Arm hindurch auf den Rücken. Ich trat nahe, sehr nahe an sie heran, und genau da, wo sich unsere Bäuche berührten, setzte Chicago mit *Hard To Say I'm Sorry* ein, und wir tanzten.
Wange an Wange. Der Geruch ihres frisch gewaschenen Haares wehte in meine Nase, kitzelte zwischen den Lippen. Ihre Bluse fühlte sich unter meinen Fingern an wie Feuer und Wasser in einem. Kleine Atemzüge hoben meine auf ihrem Rücken liegende Hand, pumpten sie auf und ab. Ich rieb sanft mit meinem Kinn an ihrem perlfarbenen Hals. Schweiß. Sie schwitzte, hinterließ eine nasse Spur auf meiner Haut. Fehlte nur noch, dass ich anfing, sie abzulecken. Und dann diese Wärme. Dann diese Wärme.
Die Zeit war leer, sie war eine Bewegung, die aus einem einzigen schnulzigen Lied bestand. Es war der beste Moment, sie zu fragen. Im Dämmerlicht in diese Augen zu schauen und ihr die paar Worte zu präsentieren, die alles bedeuteten.
Willst du mit mir …
Dann die Überraschung in ihrem Blick, dann der Kuss, der alles besiegeln würde. Es wäre der Anfang aller Anfänge. Hier und jetzt. Und jeder würde es wissen, jeder würde den anderen verständnisvoll ansehen. Auch Karim. Und dann würde ein neues Leben beginnen. Ja, und dann würde ein neues Leben beginnen.
«Du?»

Sie sah mich an, ich sah sie an, erwartend, fest, meiner völlig sicher.
«Ja?»
Ich lächelte, sie lächelte.
«Dein Arm.»
«Mein Arm?»
«Zu fest.»
«Entschuldige.»
Ich lockerte meinen Arm, verkrampfte mich.
Adrian kam auf uns zu und flüsterte in mein Ohr.
Ich nickte.
«Was wollte er?»
«Nichts Wichtiges», sagte ich.
Im selben Moment hörte die Musik abrupt auf. Manja sah mich fragend an, ich zuckte mit der Schulter, nahm meine Hände von ihr und atmete schwer aus. Gleich darauf dudelte *Abracadabra* von der Steve Miller Band aus den Boxen. Ohne es eigentlich zu wollen, fing ich an zu tanzen.
Manja stand vor mir, sah mich zweifelnd an – lange –, dann bewegte sie sich und kam nahe an mich heran, um mir einen Kuss zu geben.

Das wurde das Finale, mehr geschah nicht. Um elf Uhr verabschiedeten sich alle, und ich blieb mit meiner Schwester, Adrian und Cori alleine zurück, um aufzuräumen.
«War 'n Hammer, Mann.»
Ich grinste Adrian an. Ich wusste, er hatte einen kleinen Treffer gelandet. Ines hatte sich für den nächsten Tag mit ihm verabredet. Adrians Augen glitzerten.
«Ich hab sie. Weißt du, was das heißt?»
Er sah sich um, ob Susa oder Cori zuhörten. Sie schüttelten am Fenster eine Tischdecke voller Krümel in die Nacht.

«Es heißt, dass ich sie ficken werde.»
Ich gähnte. Diese Story hatte ich mir mehr als nur einmal von ihm angehört. Sie beeindruckte mich nicht sehr, weil dieses *miteinander ficken, miteinander bumsen* oder wie immer er oder mein Cousin es nannten, für mich keine Bedeutung hatte. Ich wusste nichts von Sex. Ich wollte mit Manja zusammen sein, sie küssen, im Arm halten und mit ihr reden. Ich war ein Vampir auf der Suche nach Wärme. Das war alles. Adrian verstand das nicht, er fragte, ob vielleicht was nicht mit mir stimmen würde.
«Wieso?», fragte ich.
«Ich könnt mir schon einen runterholen, wenn ich sie ansehe», gab er mir als Antwort.
Ich wurde rot. Vor einigen Monaten hatte ich erst entdeckt, was Selbstbefriedigung hieß. Ich war jetzt einer von denen, die sich einen herunterholten und dabei in *QUELLE*- und *NECKERMANN*-Katalogen blätterten, um sich Frauen in BHs anzusehen. Aber es hatte nicht die Oberhand, es war eine Hintergrundmusik, die meinen Hunger nach Nähe nicht übertrumpfen konnte. Außerdem hatte mir Manja heute Abend freiwillig einen Kuss gegeben.
«Ich ruf dich morgen an, damit du weißt, was mit Ines gelaufen ist, okay?»
«Okay», sagte ich.
«Soll ich 'n paar Tüten Müll mit runternehmen?»
«Das wäre gut.»
Ich eskortierte Adrian und seine Schwester zur Tür und sah ihnen hinterher.
«Bis morgen dann!», rief Adrian.
«Mhm, bis dann.»

Nur nicht lumpen lassen / Rache für SPLENDID / Kleine Schritte zum Sieg / Nichts mehr erreichen wollen, weil man alles hat / Kurzes Nachspiel / Viel zu fein für mich / I Was Made For Lovin' You, Baby / **Lust** / Ein Geschenk für mich / Manja berührt meinen Rücken / Hundeelend / Die Allee der schlafenden Häuser

Wir verloren uns.

Die Schule begann mich von den Zehen aufwärts zu fressen. Meine Beine lösten sich auf, ich wurde faul und wollte nicht mehr rausgehen. Dann fraß die Lust meinen Unterkörper, der plötzlich auf jedes Nacktfoto reagierte. Und schließlich holte sich die Schule auch noch meinen Kopf, der in einem Chaos von Formeln und Vokabeln spurlos verschwand.

Ich wurde vierzehn, ließ die achte Klasse hinter mir und kam in die neunte. Tag für Tag versuchte ich dem Standard zu entsprechen, lieferte Referate ab, büffelte für Klausuren und Tests, die mir im Nachhinein um die Ohren geschlagen wurden.

«Du musst mehr arbeiten, du musst dich besser konzentrieren, Zoran, so geht das nicht weiter.»

Diese Art von Arbeiten war nicht mein Ding. Was ich konnte, war mich mühelos in Romane hineinversenken, aus denen ich nur schwer wieder herauskam. Mein Erinnerungsvermögen war auf Vokabeln bezogen gleich null, sprach man mich aber auf ein Buch an, erinnerte ich mich oft wortwörtlich an Dialoge und konnte ohne Zögern die Seite aufschlagen, auf der dies und das geschah. Aber Vokabeln, mathematische oder physikalische Formeln und der Ablauf einer chemischen Reaktion, die Erkenntnisse, die sich einem boten, wenn man alles über den Zweiten Weltkrieg wusste und warum die Deutschen diese eine Sache so oder so getan hatten – nein, das klappte nicht. Ich schiss auf den Zweiten Weltkrieg, mich interessierte keine politische Entwicklung, wer wen ermordet hatte, weil er dieses oder jenes Motiv besaß. Ich war einfach nur auf mich bezogen. Meine Welt bestand aus Literatur, Musik und – im Verlauf der Monate mehr und mehr – Onanie. Meine Freunde wurden zu Randfiguren, und auch Fußball verlor seine Bedeutung, denn die Spiele waren rauer geworden und Körpereinsatz zählte plötzlich mehr als Technik. Ich liebte meine Knochen zu sehr, als dass ich sie mir brechen lassen wollte, um irgendeinen muskelbepackten Irren vom Torschuss abzuhalten.

Ich stieg aus.

«Wie? Wozu hast du denn all die Jahre mitgemacht?»

Mein Vater war fassungslos. Eine Zeit lang hatte er unsere Mannschaft betreut, den Fahrer gespielt und im Winter Tee aus der Thermoskanne in Becher gefüllt, während wir in der bitteren Kälte auf den Anpfiff warteten. Er selbst war mal vor Urzeiten Torwart, damals in Jugoslawien und auch für eine Weile hier in Berlin bei einem Verein. Wahrscheinlich sah er in meiner Mannschaft ein Bild seiner alten Zeiten. Die Zukunft prophezeite uns einen Aufstieg in die Amateurliga. Die Chancen standen gut, sehr gut sogar, und ich konnte mich entwickeln, wenn ich mir Mühe gab.

«Ich will schreiben», antwortete ich ihm.

«Schreiben? Was, zum Teufel, willst du schreiben?»

«So wie King. Solche Sachen.»

Stephen King war seit neuestem *das* Idol für mich, John Sinclair lag wie ein benutztes Taschentuch in der Ecke.

«Horror?»

Vater spuckte das Wort in großem Bogen durch den Raum. Ich sah es von der Wand abprallen und gefährlich durchs Zimmer schwirren, aber ich duckte mich nicht.
«Ja, genau, Horror», antwortete ich und wusste, ich war auf dem besten Weg, mir ein paar Ohrfeigen einzufangen. Doch so weit kam es nicht. Vater zeigte mir die kalte Schulter und sagte, ich sollte ihn doch mit meinen Kinderspielen in Ruhe lassen.
«Wenn du aus dem Verein rauswillst, bitte, dann tu's, geh. Aber komm später nicht an und sag, ich hätte dir nicht davon abgeraten. Du machst einen großen Fehler.»
Es war passiert, von einem Tag auf den anderen war ich frei, frei, frei. Kein Training mehr, kein frühes Aufstehen am Sonntag und keine Verpflichtung, an dem und dem Tag zur Stelle zu sein. Kein Konkurrenzkampf, ob man in der Mannschaft blieb oder Ersatzspieler war.
Sense.
Aus.
Abpfiff.
Mensch, war ich erleichtert.
Für Karim und Eli wurde es kein Schock. In dem Jahr, das seit meiner Geburtstagsfeier vergangen war, hatten wir jeder unseren eigenen Weg eingeschlagen. Eli sagte:
«Und was machst du jetzt?»
Und Karim wechselte seine Sporttasche auf die andere Schulter und murmelte:
«Echt schade.»

Unseren Platz hatten sie im Frühjahr zugeschüttet. Opel-Hetzer baute eine Ausstellungsfläche für Gebrauchtwagen. Am Anfang war es unmöglich für mich, locker daran vorbeizulaufen. Es war, als hätten wir den Platz nie verlassen, als würden wir unter diesem Beton begraben liegen. Unsere fußballverrückten Geister jagten mich, ich hörte sie fluchen, ich hörte sie keuchen und vernahm den Aufprall des Balles auf dem Feld wie ein sanftes Pochen an meinem Trommelfell. Ich bekam richtige Angst vor diesen Geistern. Und das wurde schlimmer, als ich begriff, dass diese Geister gar keine Geister waren. Es waren noch immer meine Freunde. Oder das, was einst meine Freunde gewesen waren. Sie hörten diese Geräusche nicht, sie taten, als wäre nichts geschehen, und lebten auf anderen Wellenlängen weiter.

Wenn ich den Jungs zufällig auf der Straße begegnete, nickten wir uns zu, sagten hallo und liefen weiter. Es war peinlich. Wir hatten nie besprochen, was kommen würde, wenn wir uns nichts mehr zu sagen hatten, denn wir hatten nie daran geglaubt, dass irgendjemand von uns den anderen als Ballast ansehen würde, den man abwerfen musste. Aber so kam es.

Auch die Mädchen lösten sich in Nichts auf.

Manja beendete die Realschule und fing eine Ausbildung als Krankenschwester an. Das war schon immer ihr Traum gewesen. Der Kuss, den sie mir an meiner Geburtstagsfeier gegeben hatte, blieb nicht der letzte. Dennoch kam nicht mehr dazu. Wir waren zu linkisch, viel zu ungeschickt. Und ich brachte nie den Mut auf, sie zu fragen, ob sie mit mir gehen wollte. Nach der Fete sahen wir uns jeden zweiten Tag, spazierten am Lietzensee entlang und quatschten. Ihre Schwester kam mit, manchmal Adrian, der noch immer nichts bei Ines erreicht hatte. Das ging eine Weile lang so, dann kam Manjas Abschluss, und sie musste viel büffeln, um nicht durch die Prüfungen zu fallen. Von einem Tag zum anderen war die Verbindung gekappt. Das war okay, ich dachte kaum über uns nach.

Dann sah ich sie zufällig wieder.
Wir telefonierten nie miteinander, sie wohnte ja gegenüber. Manchmal klingelte der eine beim anderen an der Tür. Telefon war etwas Ungewohntes. Der Zufall führte einen schon auf der Straße zusammen, so lief es. Und als der Zufall es ein halbes Jahr lang versäumt hatte, schlug er doch noch zu, und zwar mitten auf dem U-Bahnhof Kaiserdamm.
Ich war auf dem Weg zur Schule, saß auf einer Bank in Richtung Ruhleben und wartete auf den Zug. Manja saß mir gegenüber auf dem anderen Bahnsteig und blätterte in einer Zeitschrift.
Sie bemerkte mich nicht.
Mir fiel auf, wie erwachsen sie wirkte. Und wie ich sie da so sitzen sah, Beine übereinander geschlagen, Fingernägel rot lackiert, wusste ich, etwas war geschehen. Es war vorbei, abgeschlossen. Egal, wer dafür verantwortlich war, die ganze Sache zwischen ihr und mir hatte sich verlaufen und war leer. Vollkommen leer.
Ich stand auf und ging nach Hause.
Die Schule konnte mich, wenn es um meine Stimmungen oder um meine Müdigkeit ging. Die Stimmungen waren der Ausnahmefall, Müdigkeit die Regel. Ich brachte es einfach nicht, fünfmal in der Woche um sechs Uhr dreißig wach zu werden. Das warf meinen Rhythmus durcheinander. Ein Tag in der Woche ging immer dafür drauf, dass ich mich erholen musste. An einem anderen Tag kam ich zur dritten oder vierten Stunde. Schriftliche Entschuldigungen fälschte ich perfekt. Ich fand, das war okay. Ich meine, es ging ja hier um meine Gesundheit.
Nicht die Tage, die Nächte wurden mein Leben. Ich las und las und schlief oft erst um vier oder fünf Uhr morgens ein, wenn das blaue Morgenlicht sich durch die Fenster hereinstahl. Ich

verschlang alles, was lesbar war. Auch wenn ich nur die Hälfte verstand, las ich weiter und durchstöberte wahllos und hungrig die Bibliothek. Hätten meine Eltern gewusst, was lief, ich glaube, ich wäre nicht mit heilen Knochen davongekommen.

Adrian bewarb sich und wurde den Bedingungen der BVG *nicht gerecht.* Sein Traum vom Busfahren platzte lautlos, und Adrian fand Anfang des Sommers eine Lehre als Tankstellenwart. Sein Bruder Pauli zog zur gleichen Zeit aus dem Loch neben den Mülltonnen nach Hermsdorf, und Adrian übernahm die Wohnung. Unsere Freundschaft erlebte einen Aufschwung. Adrians Prahlen war dasselbe geblieben, er war dieselbe miese Ratte, die er seit dem ersten Tag gewesen war. Und er war auch der Held, den ich bewunderte, und der schnellste Läufer von uns allen. Was für mich aber am meisten zählte, war, dass er den Kontakt aufrechterhielt.

Wir verbrachten die Wochenenden in seiner kleinen Wohnung, und da war es auch, dass er mir eines von seinen Heftchen lieh, die er im unteren Teil seines Kleiderschrankes versteckte. Es war kein richtiges Pornoheft, es waren einfach nur Nacktaufnahmen von Frauen, dennoch ging ich vor Lust in die Knie.

Onanie war eine Stromleitung, die ich anzapfen konnte, wann immer ich wollte. Sie gehörte mir allein und half über die Einsamkeit hinweg. Sie erfüllte mich mit der Illusion, die Erwartungen von Mädchen zu erfüllen. Von allen Mädchen, die mir in den Kopf kamen.

In meiner Phantasie gelang mir alles.

Adrians Eltern schenkten ihm zum Umzug einen winzigen Fernseher. Das Geld von seiner Ausbildung reichte gerade, um den Kühlschrank zu füllen. Hauptsächlich mit Sachen, die ich

mir nie kaufen würde. Unmengen von Tütensuppen, eingelegter Fisch, saure Gurken, abgepackte Buletten, Würstchen und all solch ein Kram.
Zweimal kam auch Karim vorbei, doch schnell wurde es ihm langweilig, und er meinte, er müsste im Laden seines Vaters aushelfen. Wir ließen ihn ziehen, hockten vor dem Fernseher und sahen Filme und Shows. Manchmal hörten wir auch nur Musik oder spielten Karten auf dem Bett, vollkommen zufrieden miteinander. Adrian freute es, wenn ich lange blieb. Wahrscheinlich empfand auch er nach dem Niedergang des Platzes und unserer Freundschaften mit Karim und Eli etwas wie Einsamkeit.
«Wie läuft's mit Ines?», fragte ich jedes Mal.
«Die habe ich bald», antwortete er mir.
Wir lachten. Ines und er waren sich seit Monaten nicht mehr begegnet. Keiner wusste so recht, was sie tat. Keinen kümmerte es. Und ich war auch sehr gut darin, die Schwestern zu verdrängen. Es war, als ob es sie nie gegeben hätte.

An einem dieser Samstagabende sahen wir die Sportschau, schalteten danach vom zweiten ins erste Programm und blödelten herum, während *Das Wort zum Sonntag* verkündet wurde. Gott konnte uns mal eine Postkarte schicken, so sahen wir das, bis dahin warteten wir auf einen Thriller.
Endlich war es so weit, doch zehn Minuten in den Film hinein wurde Adrian unruhig.
«Was ist los, Alter?», fragte ich.
Er zündete sich eine Zigarette an, paffte und sagte:
«He, ich hab da eine Idee. Weißt du, was wir machen könnten?»
«Was'n?»
«Pass auf ...»

Adrian beugte sich vor und stellte den Ton leiser.
«Wir machen das Licht aus. Die Jalousie runter, okay?»
«Und dann?»
«Wart's ab.»
Er ließ die Jalousie runter, machte das Licht aus. Der Fernseher flackerte weiter. Ich saß erwartungsvoll auf dem Bett. Was Adrian auch vorhatte, er wusste Spannung aufzubauen.
«Ich bin ein Killer», sagte er.
Ich lachte.
«Killer?»
«Ja, Killer. Ich bin der Killer. Du bist ... Wer willst du sein?»
Ich runzelte die Stirn, überlegte, wer ich sein sollte, als Adrian auf den Fernseher zeigte.
«Die da? Wie wär's mit der?»
Sie war süß und blond, hatte lange Beine, die in schwarzen Seidenstrümpfen steckten. Ihr Mund war eine rote Wunde und aus ihrem Dekolleté quoll eine ganze Ladung Fleisch.
«Die ist heiß, ne?»
«Kannst du laut sagen. Okay, ich bin sie.»
«Wie heißt du?»
«Sandy.»
«Okay. Also ich bin der Killer, ich habe den Auftrag, dich umzubringen. Das hier ist das Fenster.»
Er ging zur Tür und öffnete sie.
«Ich breche von draußen ein, während du schläfst. Bist du bereit?»
Ich nickte.
Mein Blut war am Toben vor Panik. Keine Ahnung, was kommen sollte, aber ich war so aufgeregt, dass es mir schwer fiel, Atem zu holen. Ich legte mich auf das Bett zurück, griff nach der Decke und zog sie mir über den Körper. So lag ich da, Augen geschlossen, aufgeregt.

Die Tür öffnete sich, ich konnte sie leise knarren hören, und das Knarren löste einen mörderischen Ständer bei mir aus. Fast wäre ich aufgesprungen, um Adrian zu sagen, ich müsste nach Hause, um mir einen runterzuholen.

Er kam ans Bett geschlichen, beugte sich über mich und drückte mir eine Hand an die Kehle.

«Tu so, als ob du weiterschläfst.»

Ich tat, was er wollte.

Adrian legte sich neben mich, er hob die Decke an und sagte mit einem Kratzen in der Stimme, das mich beinahe zum Lachen brachte:

«Mensch, was für 'ne Puppe. Bombenkörper.»

Er rüttelte mich an der Schulter, das war mein Zeichen, wach zu werden.

«Huch?»

«Schnauze, Kleine, sonst lösch ich dich aus.»

«Was wollen Sie hier?»

«Ein paar Leute wollen dich aus dem Weg haben, Sandy.»

Ich tat auf erschrocken:

«Huch.»

«Wir können aber handeln», knurrte der Killer.

«Was wollen Sie haben?»

«Ich fick dich, dann sind wir quitt.»

«Oh.»

Ich lag reglos auf dem Bett. Adrian griff an meine Shorts und berührte durch den Stoff hindurch meinen Ständer.

«Was haben wir denn hier?»

«Bitte», murmelte ich, völlig raus aus meiner Rolle, drin in einer Rolle, die mich unruhig machte.

Er schob den Bund meiner Shorts herunter und griff hinein. Als seine Finger mich berührten, zuckte ich zusammen. Adrian schob die Shorts bis zu meinen Kniekehlen. Ich hörte

ihn keuchen, dann hörte das Keuchen auf, und er nahm mich in den Mund. Ich kam nach wenigen Minuten, stöhnend und mich windend, während mein Samen über sein Gesicht hinweg aufs Bett spritzte.
«Du bist jetzt der Killer», sagte er.
Ich zog mir die Shorts hoch. Mein ganzer Körper prickelte, als ich das Zimmer verließ und die Tür hinter mir schloss.
«Kann ich kommen?»
«Mhm.»
Er hatte sich die Decke bis zum Kinn hochgezogen. Ich tastete nach seinem Schwanz und fühlte, dass er seine Unterhose schon unten hatte.
«Was wollen Sie hier?», fragte er.

Der Geschmack gefiel mir nicht, aber schlimmer war der Geruch. Mir wurde schlecht davon. Ich schob mir sein Ding hastig in den Mund, verstaute es in einer Backe und bewegte den Kopf, als ob mir dabei einer abgehen würde.
«Ja!», sagte Adrian. «Ja!»
Nach einer Weile hörte ich auf und legte mich neben ihn. Ich konnte sehen, wie er von mir abgewandt sein Ding bearbeitete. Dann kam er seufzend und lag still.
Ich stellte den Ton am Fernseher lauter, und wir sahen den Rest vom Thriller.

Vier Tage. Vier Tage lang dachte ich nicht daran. Vielleicht verdrängte ich es. Keine Ahnung. Zumindest erwischte es mich am fünften.
Ich hatte Lust.
Nicht darauf, mir mit Adrians Ding im Mund herumzustochern. Was ich wollte, das war befriedigt werden.
«He, wie läuft es?»

«Bin grad von der Arbeit zurück, muss duschen.»
Er sah müde aus, steckte sich eine Zigarette an und betrachtete mich abschätzend.
«Und du?»
«Alles okay, habe bis jetzt gebüffelt. Kann nicht mehr.»
«Willst du warten? Ich mach schnell.»
«Okay.»
In seinem Kleiderschrank fand ich die Nackthefte und sah sie mir an. Als ich gerade abhauen wollte, kam Adrian von oben.
«Bock auf ein Bier?»
«Nee, lieber 'ne Cola.»
Wir tranken schweigend, schalteten den Fernseher an.
Danach ging ich die vierundachtzig Stufen zur Wohnung meiner Eltern hoch, als ob ich den Mount Everest besteigen würde. Ich fühlte mich dreckig. Innen und außen. Mehrere Male betastete ich meinen Mund, aus Angst eines von Adrians Schamhaaren könnte da drankleben. Roch ich nach ihm? Der Seifengeruch von *Irischer Frühling* schien an meiner Kleidung zu kleben wie Uhu. Ich wischte mir die Hände an den Hosen ab und hoffte, keiner würde mich sehen, wenn ich nach Hause kam.

Nur nicht lumpen lassen / Rache für SPLENDID / Kleine Schritte zum Sieg / Nichts mehr erreichen wollen, weil man alles hat / Kurzes Nachspiel / Viel zu fein für mich / I Was Made For Lovin' You, Baby / Lust / **Ein Geschenk für mich** / Manja berührt meinen Rücken / Hundeelend / Die Allee der schlafenden Häuser

Es wurde mir zu viel. Ich begann mir Gedanken zu machen, ich plagte mich mit Schuldgefühlen. Ich versuchte mir vorzustellen, wie Adrian und ich erwischt wurden. Also fing ich an, mich von seiner Wohnung fern zu halten. Ihm aus dem Weg zu gehen.
Schweigend nahm er es hin.
Der Sommer wurde zum Herbst.
Und schweigend lebten wir bis in den Winter aneinander vorbei.

Der Käuzchenruf kam an einem kalten, frostigen Nachmittag. Ich hing über einem Chemiebuch, als ich es durch den Hinterhof hallen hörte. Ein Grinsen landete auf meinem Gesicht. Es war so verdammt lange her, dass ich so gerufen wurde, dass ich mich für einen kurzen Moment um Jahre zurückversetzt fühlte. Wenn ich runterging, würden sie alle vor der Nummer 6 rumhocken, sich in die frierenden Hände pusten und von einem Fuß auf den anderen treten. Die winzige Nicki, Cori mit Tobi an der Leine, Gabi, Tanja mit der Narbe am Kinn, Anne und natürlich Ines und Manja und die Jungs. Alle würden Wärme suchen, und keiner würde ausspucken, denn fürs Spucken war es zu kalt – etwas Nässe blieb immer an den Lippen kleben und ließ sie aufspringen und bluten. Karim wäre wieder da, mit seinen kurz geschnittenen Haaren und den abstehenden Ohren, die er wackeln ließ, wenn schlechte Stimmung herrschte. Adrian in seiner Torwarthose und den grünen Handschuhen, eine Schiebermütze in den Bund gesteckt, falls die Sonne ihn blenden sollte. Und Eli, Kaugummi im Mund, Hände in der Jackentasche, leicht schräg stehend, als ob er irgendetwas weit entfernt hören würde, einen Zug oder das Klagen eines Wales.

Adrian stand allein auf dem Hof und blickte zu mir hinauf. Ich schob die Gardinen zur Seite und öffnete das Fenster.

«KOMMSTE RUNTER?»

«WAS'N?»

«DEINE ÜBERRASCHUNG!»

Er erwartete mich an das Kellergeländer gelehnt, Zigarette zwischen den Fingern. Der Abstand in den letzten Monaten hatte uns beide verändert. Ich war blass im Gesicht, irgendwo verloren zwischen den Anforderungen, die die Schule, meine Eltern und ich selbst an mich stellten. Ich hatte das Gefühl, das einzige Lebendige an mir wären meine Augen. Auch wenn das Lesen sie ruinierte, so konnte der Gedanke an ein neues Buch sie schnell zum Leuchten bringen. Adrians Augen dagegen waren eingesunken, als ob er Probleme hätte, nachts zu schlafen. Sein sonst glattes Haar war gekringelt, kleine blonde Wellen.

«Was ist das?»

«Dauerwelle», sagte er und schüttelte mir zur Begrüßung die Hand. Sie war warm, leicht feucht, rissig von seinem Job an der Tankstelle.

«Lange nicht gesehen, mh?»

Ich nickte. Ich müsste lügen, würde ich sagen, dass er mir gefehlt hatte.

«Also?», sagte ich mit hochgezogenen Schultern, es war verdammt kalt.
«Erinnerst dich noch?», fragte er.
Ich erinnerte mich sehr genau an den Sommertag, als ich mir die Fete eingebrockt hatte. Auch war mir Adrians Gesicht gut in Erinnerung geblieben, dieser Glanz in seinen Augen, als wir vor der Apotheke standen und in die Auslage sahen. Ich sollte ihm nur trauen, hatte er gesagt, dann würde ich eine richtige Überraschung erleben.
«Wo ist die Überraschung?», wollte ich wissen.
Er zeigte mit dem Daumen hinter sich.
«Da unten.»
Ich folgte ihm die Steintreppe hinab, ohne mich umzusehen, wer uns beobachtete. Wir waren keine Kinder mehr, wir gingen in den Keller, wenn uns danach war. Solche Geheimniskrämereien lagen hinter uns.
Der Keller hatte als Einziger die Zeit ohne eine Veränderung überstanden. Weberknechte, daumennagelgroße Asseln, Kohlenstaub und ein feuchter, schimmeliger Geruch. Doch je tiefer wir in die Gewölbe hineingingen, umso deutlicher mischte sich ein neuer Geruch in den des Kellers.
«Wonach ...?»
«Wart's ab», unterbrach mich Adrian.
Wir kamen zu unserer Kellertür. Durch die aneinander genagelten Bretter fiel Kerzenschein. Der Geruch war jetzt eindeutig. Räucherstäbchen.
«Bist du bereit?»
Ich stand nahe bei ihm, roch die Seife auf seiner Haut und spürte, wie angespannt er war.
«Okay?»
«Okay.»
«Geh vor.»

Ich trat an die Tür und zog sie auf.

Vier Kerzen brannten. Zu der einen Matratze war eine zweite hinzugekommen. Der Boden war gefegt, das Radio so leise gestellt, dass nicht zu erkennen war, was für Musik lief. Mehrere Räucherstäbchen steckten in einem Stück loser Erde neben dem Radio. Auf der einen Matratze lag Manja, auf der anderen Ines. Die Haut der Schwestern leuchtete fahl und milchig im schwachen Licht der Kerzen. Auf einem Hocker lagen ihre Sachen als ein Bündel fein säuberlich zusammengelegt.

«Eine für dich, eine für mich. Na, ist das eine Überraschung?»

Er stieß mich an, sodass ich einen Schritt in den Kellerraum machen musste. Manja hatte schöne, volle Brüste, während die von Ines klein und gepresst wirkten.

«Wie hast du ...»

«Scht, nicht so laut, du siehst doch, sie schlafen.»

Ich drehte mich um und blickte ihn an. Er lachte.

«Ist das nicht astrein, Mann? Das ist mein Geschenk für dich. Sie schlafen, sie werden also nichts merken. Wir ficken sie durch. So richtig lange, hörst du? Dann tauschen wir. Wir können auch eine zu zweit ficken, das habe ich mal in 'nem Porno gesehen, das geht. Wir können mit ihnen machen, was wir wollen. Ist das nicht heiß? Das ist besser, als sich gegenseitig einen zu blasen, Alter, viel besser.»

«Wie ...»

«Hab sie eingeladen. Hab ihnen gesagt, dass wir eine Erinnerungsparty starten. Hier unten im Keller. Du und ich und Karim und Eli und ein paar Mädchen. Wegen der guten, alten Tage. Hab extra 'ne Flasche Rum gekauft. Für Rum-Cola, verstehst du? Hab den beiden 'nen Drink gemixt. 'n paar Schlaftabletten drin aufgelöst, die waren von meinem Alten. Hat eingeschlagen wie 'ne Bombe. Hab sie ausgezogen und dann

dich gerufen. Ist doch was, oder? So was haste nicht erwartet, Mann, haste nicht, oder?»
Er griff sich zwischen die Beine.
«Mensch, mir juckt es wie nichts, lass uns zur Sache kommen.»
«Du spinnst.»
Seine Hand blieb, wo sie war, als er sagte:
«Haste Skrupel oder was? Uns kann keiner erwischen, unsere Aussage gegen ihre. Wenn sie wach werden, sind wir schon längst über alle Berge.»
Er lachte, gab mir einen Stoß gegen die Schulter.
«Lass mich jetzt nicht hängen, Mann.»
Ich ging zu den Mädchen und sah, dass sie atmeten. Ich legte meine Hand an ihre Gesichter, um zu fühlen, ob sie warm oder kalt waren.
«Also was ist jetzt?»
Ich hatte einen Ständer, der schmerzte. Manja sah so verdammt sexy aus, dass ich mich am liebsten auf sie gestürzt hätte. Vielleicht war das alles nur ein Witz, und sie taten nur so, als ob sie schliefen, und wollten testen, ob ich Mann genug war, es zu wagen.
«Was soll das?», fragte ich.
«Nichts. Einfach nur ein Fick unter Freunden. Komm schon, bevor sie wach werden.»
Er lächelte, freundlich, normal, wie ich ihn kannte.
«Ich hau ab.»
Mit fünf Schritten war ich an der Tür und an ihm vorbei. Er griff nach meiner Jacke, hielt mich fest.
«Was tust du?»
«Ich hau ab.»
«Willst du mich hängen lassen?»
«Ja.»

«Dann fick ich sie allein.»
«Ist mir egal. Tu's. Ich weiß von nichts.»
«Ich fick sie beide. Auch deine Manja. Ich fick sie!»
«Ist mir egal, lass mich los.»
«Du traust es mir nicht zu?»
Er sah mir in die Augen, kam mir mit seinem Gesicht ganz nahe, dass ich seinen kalten Zigarettenatem riechen konnte.
«Ich trau es dir zu», log ich.
«Dein Glück», sagte er und ließ mich los.
Ich stand im Türrahmen und biss mir auf die Unterlippe.
«Was ist, ich dachte, du willst abhauen?»
«Komm, lass sie uns anziehen, Adrian. Wir wecken sie auf, und keiner wird wissen, was gewesen ist.»
«Spinnst du? Schau sie dir doch mal an. Die sind doch geil darauf.»
Ich sah sie mir an und stellte mir dabei vor, wie ich nackt zwischen Manjas Beine trat. Ich stellte mir vor, wie ich ihre Brüste ergriff und drückte, wie ich in sie eindrang, ihren Mund mit meiner Zunge füllte, während dieser weiße Körper unter meinen Stößen schwankte wie ein Boot bei Sturm. Ich stand kurz davor aufzugeben.
«Lass mich zwei Minuten nachdenken», bat ich Adrian.
«Zwei Minuten? Okay.»
Ich verließ den Kellerraum, entfernte mich einige Meter von der Tür. Und dort in der Dunkelheit packte ich mein Ding aus und onanierte. Manja schlief weiterhin, und ich drang tief in sie ein und nahm sie mit einer Lust, die mir bisher keine Phantasie gebracht hatte.
Als ich meinen Samen in die dreckige Dunkelheit des Kellers verspritzt hatte, war kaum eine Minute vergangen. Ich packte ein, ging zurück zu Adrian.
«Also?»

«Nein. Ich zieh sie jetzt an. Alleine. Wenn du mir nicht helfen willst, ist das okay.»
Ohne eine Antwort abzuwarten, ging ich zu den Sachen hinüber und begann Manja anzuziehen. Adrian war in meinem Rücken, ich hörte ihn atmen, dann kam er näher.
«Du bist 'n Arschloch!»
«Ich weiß.»
«Das vergess ich dir nie.»
«Okay.»
Er nahm sich Ines Sachen, zögerte, legte sie wieder weg und öffnete seine Hose. Er kniete sich neben sie und onanierte mit halb geschlossenen Augen über ihrem Körper, manchmal griff er nach ihren Brüsten oder streichelte durch ihr Schamhaar. Als er kam, drehte er sich weg, dennoch landeten ein paar Tropfen auf Ines' linkem Arm. Er packte ein und zog sie an.
«Hast du 'n Stift?»
Adrian gab mir einen Kuli und ich schrieb den Schwestern einen Zettel. Dass wir nicht wussten, was wir machen sollten, als sie umkippten, und dass wir nach Hause gegangen wären.
Wir ließen die Kerzen brennen und stellten das Radio lauter, denn vielleicht wurden sie ja davon wach.
«Okay, hauen wir ab.»
Er nickte und folgte mir die Kellertreppe hinauf.
«Lass uns nicht drüber reden», bat ich, erleichtert, endlich an der frischen Luft zu sein.
«Wieso nicht?»
«Weil ich keinen Bock darauf habe.»
«Du bist echt 'n Arschloch!»
«Ich weiß. Und?»
«Das vergesse ich dir nie.»
Ich atmete tief ein und genoss den Schmerz der eiskalten Luft in meiner Lunge. Als ich den Kopf in den Nacken legte, sah ich

durch das Loch der Häuserfassaden ein kantiges Stück des Himmels. Grau und weit weg. Obwohl es früher Nachmittag war, wirkte es hier unten auf dem Hinterhof, als würde jeden Moment die Nacht hereinbrechen.

«Kommst du noch mit rein?»

Adrian sah mich plötzlich ganz freundlich an. In seinen Augen war die Lust auf Sex zu erkennen. Nur dass es heute anders verlaufen würde. Das sah ich. Seine Blick war freundlich, der Mund ein harter Strich.

«Nein, ich muss lernen», war meine Antwort.

Ich streckte ihm die Hand zum Abschied hin.

«Musst du nicht», sagte er und ergriff sie.

Mit einem Ruck zog er mich so weit an sich heran, dass die Messerklinge gegen meinen Nabel drückte.

«Oder?»

Seine Augen waren jetzt roh und kalt. Er schob mich nach hinten, in Richtung seiner Wohnung. Mein Rücken stieß gegen die Mülltonnen.

«Mensch, stell dich nicht blöd an.»

Er schloss die Tür auf.

«Ich stech zu, das weißt du.»

Ich wusste es und ging als Erster in seine Wohnung.

«Du bist solch ein verdammtes Arschloch! Hast mich angeschissen. Toller Kumpel. Was ist? Hast du nichts zu sagen? Bist du stumm geworden?»

Er blieb nahe bei mir und stieß mich rückwärts, bis meine Waden gegen das Bett kamen und ich nach hinten fiel. Er schaltete eine Lampe an.

«Vielleicht sollte ich dich anstelle der Mädchen durchficken?», sagte er. «Dir 'n Tunnel in den Arsch machen. Was meinste?»

Ich bekam meine Augen nicht von seinen los. Es war mir nicht möglich, zu denken oder zu antworten. Wie ein hirnloser Idiot

saß ich auf dem Bett und starrte Adrian an, wie er das Messer in die Luft warf und wieder auffing.
«Oder ich schneid dir die Eier ab, na, was hältst du davon? Willst du dabei Fernsehen gucken?»
Er knipste den Kasten an, Werbung.
«Ich weiß alles über dein Messer», sagte ich.
«Was?»
«Das Messer. Du hast es nicht geklaut. Dein Alter hat dir das Geld gegeben. Es war ein Geschenk von ihm.»
Sein Gesicht verzog sich. Einen Moment lang glaubte ich, er würde auf mich hinabspucken.
«Du hast doch überhaupt nicht den Mut, so ein Ding zu klauen», sprach ich weiter, «du hast uns alle angelogen.»
Er biss sich auf die Unterlippe, kaute darauf herum, dabei tanzte das Messer in seiner Hand auf und ab, auf und ab.
«Wen interessiert's?», sagte Adrian und verfehlte den Griff des Messers. Es schlug auf dem Boden auf und blieb vor meinen Füßen liegen. Er bückte sich, hob es auf und grinste wieder.
«Komm her.»
Ich blieb, wo ich war.
«Ich werd dir die Eier abschneiden, wenn du nicht kommst.»
Ich stand auf. Mein Kopf dröhnte. Jedes Wort, das er sprach, hallte nach wie der Eulenruf im Hinterhof.
«Auf die Knie.»
«Adrian, he, das …»
«Schnauze, sage ich, auf die Knie.»
Er griff in mein Haar, drückte mir die Klinge an den Hals.
«Das ist 'n Gefühl, mh?»
Er strich mit dem Messer über mein Gesicht, hielt den kalten Stahl an meinen Mund, presste ihn mir zwischen die Lippen.

«Na, wirst du schon geil?»
Er drückte mich runter, ich gehorchte und ging auf die Knie. Adrian öffnete den Reißverschluss seiner Hose und holte seinen Schwanz raus.
«Los, blas mir einen.»
Ich nahm ihn in den Mund.
«Dich fick ich durch, bis du schreist.»
Er ergriff meinen Kopf mit beiden Händen und rammte mir sein Ding rein, dass ich würgen musste.
«Na, ist der steif, mhmm, ja, so ist es gut.»
Ich tat nichts, hatte meinen Mund weit geöffnet und fühlte mich starr und tot. Meine Zunge war trocken und verkroch sich angewidert. Es klingelte an der Wohnungstür.
«Scheiße.»
Adrian stieß mich weg, ich fiel nach hinten, richtete mich auf. Wir standen uns gegenüber, schweigend, das Klingeln wurde von einem Klopfen begleitet. Adrian stopfte seinen Halbsteifen in die Unterhose.
«HE, ADRIAN, AUFMACHEN!»
Er sah sich gehetzt um, rannte zum Kleiderschrank und sah hinein. Er schloss ihn und rannte von einer Ecke der winzigen Wohnung zur anderen und suchte und suchte. Dann blieb er vor dem Kühlschrank stehen und fing an, ihn gehetzt auszuräumen.
«Los! Rein da!»
Er zeigte in den ausgeleerten Kühlschrank. Die Gestelle waren draußen. Das Ganze wirkte wie ein weißer, klimatisierter Sarg.
«Mach schon!»
Ich kroch in den Kühlschrank und hockte mich hin. Adrian schlug die Tür zu. Es wurde dunkel. Die Kühlung sprang an, ihr Summen beruhigte mich, es roch nach Gurken und einge-

legten Heringen. Ich atmetet flach durch die Nase, zog die Knie fest an meine Brust. Was Adrian auch vorhatte, er sollte sich austoben, dann waren wir quitt. Meine Ruhe war nicht gespielt. Ich hatte das Gefühl, ich musste die ganze Sache zu einem fairen Ende bringen. Vielleicht war es wirklich nicht okay gewesen, dass ich im Keller nicht mitgemacht hatte. Woher sollte ich wissen, was falsch oder richtig war. Ich saß in einem Kühlschrank und fror, mehr interessierte mich nicht.

Keine Ahnung, wie viel Zeit verstrichen war, als die Tür geöffnet wurde und das Licht anging. Manja beugte sich vor und sah herein. Ihr Gesicht wirkte wie der Mond, den ich manchmal aus dem Hinterhof heraus betrachten konnte.

«Komm», sagte sie, und ich kam.

Nur nicht lumpen lassen / Rache für SPLENDID / Kleine Schritte zum Sieg / Nichts mehr erreichen wollen, weil man alles hat / Kurzes Nachspiel / Viel zu fein für mich / I Was Made For Lovin' You, Baby / Lust / Ein Geschenk für mich / **Manja berührt meinen Rücken** / Hundeelend / Die Allee der schlafenden Häuser

Adrians Vater saß auf dem Bett, ihm gegenüber auf dem Sofa befand sich Ines, daneben Adrian. Als ich mit Manja hereinkam, stand der Vater auf und stemmte sich seine dürren Arme in die Seiten. Ein Zigarillo hing von seiner Unterlippe. Nach dem Gestank im Kühlschrank kam mir der Geruch von Tabak so herrlich vor, dass ich mir wünschte, Raucher zu sein.

«Also, was ist hier gelaufen, Jungs?»

«Wir …»

Ich unterbrach Adrian.

«Nichts. Wir haben rumgeblödelt. Eine Wette, wer es länger im Kühlschrank aushält. Nichts weiter.»

«Im Kühlschrank?!»

Ich zuckte mit der Schulter, als wäre es meine Idee gewesen. Adrians Vater wandte sich an die Schwestern:

«Warum macht ihr Mädchen dann so eine Panik?»

Ines schlug die Beine übereinander, Manja berührte meinen Rücken und sagte: «Wir waren im Keller und … und plötzlich sind die beiden verschwunden. Als wir hochkamen, machte keiner auf, wir … wir hörten aber Geräusche. Wir dachten, es könnten Einbrecher sein. Deswegen.»

Ich beobachtete Adrian. Er starrte auf den Boden. Sein Hosenschlitz war weit geöffnet, keiner schien es zu bemerken.

Adrians Vater zog lange an seinem Zigarillo.
«Und was habt ihr im Keller verloren?», sagte er, und der Qualm umgab seine Worte wie ein Schleier. «Mensch, Kinder, das kann doch Ärger geben.»
«Wollten nur mal schauen», sagte Adrian.
«Mal schauen, mal schauen!», wiederholte sein Vater. «Im Kühlschrank auch? Ihr habt ja Ideen. Wir haben mal Wetttauchen gespielt, das war was Anständiges. Dort draußen am Glienicker-See. Eine Schau. Da war ...»
Er erzählte die Anekdote, ohne Luft zu holen, der Raum füllte sich dabei mit Rauch, und ich hätte schwören können, dass ich mich in einem langen, zähen Traum befand. Manja stand weiterhin neben mir, nur ihre Hand berührte nicht mehr meinen Rücken.
«Das war eine Wette, sag ich euch.»
Plötzlich brach Adrians Vater seine Geschichte ab und streckte sich. Wir hörten seine Gelenke knacken. Der Zigarillo lag tot im Ascher, keiner sah den anderen an, Adrians Vater schien bester Laune zu sein, er wandte sich an die Schwestern:
«Gibt nichts Besseres, als sich zu strecken. Wie die Katzen. Da habe ich es her. Das ist prima für den Blutkreislauf. Jeden Tag eine halbe Stunde. Gut verteilt natürlich. Hier mal, da mal. Probiert's aus, ihr werdet euch wie neugeboren fühlen. Also hört mal ... war schon clever, dass ihr mich gerufen habt, man weiß ja nie, was ist.»
Damit ging er zur Tür.
Ines stand sofort auf und folgte ihm.
Manja atmete langsam aus. Ich konnte die Sekunden zählen, so langsam tat sie es. Sechs. Sie fragte mich:
«Kommst du?»
«Gleich», sagte ich.
Adrian blieb allein mit mir zurück. Sein Blick war weiterhin

auf den Boden konzentriert. Ich sah ein Skelett mit Fleisch auf den Knochen; um das Fleisch lag Haut, die penetrant nach *Irischer Frühling* roch.

«Gib mir das Messer», sagte ich.

Er nahm es von seinem Gürtel und legte es auf den Tisch. Ich schob es mir in die Hintertasche meiner Hose. Bevor ich ging, schaltete ich den Fernseher aus und löschte das Licht.

Das Skelett blieb mit seiner offenen Hose im Dunkeln sitzen.

Nur nicht lumpen lassen / Rache für SPLENDID / Kleine Schritte zum Sieg / Nichts mehr erreichen wollen, weil man alles hat / Kurzes Nachspiel / Viel zu fein für mich / I Was Made For Lovin' You, Baby / Lust / Ein Geschenk für mich / Manja berührt meinen Rücken / **Hundeelend** / Die Allee der schlafenden Häuser

Manja stand dicht neben Ines vor der Nummer 6. Der Wind war beißend und zwang einen, Schutz zu suchen.

Ich überquerte die Straße.

Wie ich die Schwestern so eng beieinander sah, empfand ich eine Trauer, die ich nicht verstand. Ich musste mich zusammenreißen, um in aller Ruhe auf sie zugehen zu können. Meine Stimme war rau, als ich sprach:

«Ist kalt heute, mh?»

Sie nickten nicht, keine Antwort. Ihre Augen waren voll auf mich gerichtet, sie waren gnadenlose Scheinwerfer, die alles sahen, alles durchschauten, und ich fragte mich, was jetzt kommen sollte. Manja sagte:

«Ich habe es gesehen. Durch die Jalousie. Er hat dich gezwungen. Du musst dich nicht schuldig fühlen.»

Ich sah auf den Boden. Keine Schuld in mir. Was ich getan hatte, war mehr ein Tribut an unsere Freundschaft gewesen. Er hätte mich auch ohne Messer so weit gebracht.

«Was habt ihr im Keller mit uns gemacht?», fragte Ines.

Ich sah die Straße hinunter und sagte:

«Nichts.»

«Habt ihr uns vergewaltigt?»

Ich wich einen Schritt zurück. Ines' Stimme klang so ängstlich

und klein, dass ich befürchtete, sie würde jeden Moment losweinen.
«Ihr vertragt keinen Alkohol, das ist alles», antwortete ich.
«Du meinst, nach einem Glas Rum-Cola kippen wir um?»
«Scheinbar.»
«Scheinbar?»
«Ja, scheinbar.»
Ines wurde noch kleiner. Manja dagegen kochte vor Wut. Ich sah es an der Färbung ihrer Wangen, einem leuchtenden Purpur, das immer bei Wut zum Vorschein kam. Was die Schwestern auch von mir wollten, Adrian hatte Recht gehabt, ihr Wort stand gegen unseres. Außerdem, woher wollten sie wissen, dass er sie ausgezogen hatte? Woher wollten sie wissen, was Adrian tun wollte? Sie waren eingepennt, das war alles.
«Was war im Glas?»
Ines war einen Schritt zurückgetreten, und Manja kam mir so nahe, dass ich ihre Wärme spüren konnte. Ich roch Schweiß und den jetzt unangenehmen Gestank von Räucherkerzen. Ich war nicht mehr ein Vampir, auf der Suche nach Wärme; ich war jetzt ein unerfahrener Lügner, der sagte:
«Nichts, Rum-Cola und nichts.»
«Ich warne dich, Zoran, wenn du lügst, rede ich kein Wort mehr mit dir.»
Sie hielt ihre offenen Handflächen nach oben.
«Was soll das?», wollte ich wissen.
«Ich bitte dich», flüsterte sie, «was war in dem Glas?»
«Nichts, nur Rum-Cola», wiederholte ich.
«Lass ihn», sagte Ines.
Die Schwestern wandten sich von mir ab und gingen die paar Meter auf die Nummer 5 zu. Ich fühlte mich miserabel. Hundeelend. Sie konnten nicht wissen, was geschehen war. Verdammt, was brachte ihnen die Wahrheit?

Ich begriff nicht, dass die einzige Wahrheit, die sie suchten, meine Wahrheit war. Sie gaben mir eine Chance, und ich versuchte weiterhin, meinen besten Freund zu decken. Als ich ihnen hinterherrannte, war mir selber nicht klar, was ich sagen wollte.

«Wartet!»

Die Haustür war hinter ihnen ins Schloss gefallen. Ich klopfte ans Glas. Manja drehte sich um, Ines sagte etwas. Manja schüttelte den Kopf. Ines ging hoch, Manja kam zur Haustür. Sie öffnete sie nicht, sondern betrachtete mich durch die Scheibe hindurch und schien auf etwas zu warten. Auch ich wartete. Mein Gesicht war dem Glas so nahe, dass es beschlug. Ich wischte die Scheibe klar und starrte weiter.

«Was willst du noch?»

Sie zog die Tür einen Spalt weit auf und behielt die linke Hand am Türgriff, während sie mit der rechten den Eingang blockierte.

«Es ist nichts geschehen, Manja, rein gar nichts.»

«Gut.»

«Es tut mir Leid. Ich wollte das nicht. Es war Adrians Idee, ich wusste nichts davon.»

Ihr Blick war ausdruckslos. Ich war für sie gestorben und beerdigt, und jetzt stand sie vor meinem Grabstein und wusste nicht, was sie hier verloren hatte.

Ich hatte das Gefühl, sie zum ersten Mal richtig zu sehen.

Ihre bleiche Haut, ihr Haar dunkel und samtig und diese großen Augen, die mir so viel bedeuteten, dass ich ihnen unten im Keller nicht wehtun konnte. Eine zärtliche Sehnsucht befiel mich, als ich auf ihre Schuhe und die Jeans heruntersah. Wie oft hatte ich mir vorgestellt, diese Hose über einem meiner Stühle liegen zu sehen, die Schuhe daneben auf dem Boden, Socken hineingestopft. Ihre kleine Goldkette mit dem

Skorpion als Anhänger hing auf ihren Pullover, lag ruhig zwischen der Erhebung ihrer Brüste.

Ich erstarrte.

Sie wusste sofort, was ich sah, und sie wusste, dass ich begriff, wie dumm zwei Jungen sein konnten, wenn sie sich besonders klug vorkamen.

«Ich liebe dich», sagte ich.

«Das ist jetzt egal», antwortete Manja und ließ die Haustür ins Schloss fallen. Sie ging rückwärts auf den Fahrstuhl zu, als ob sie befürchten würde, ich könnte durchs Glas brechen und sie mir schnappen. So sehr ich mir auch wünschte, sie würde weinen, sie tat es nicht. Ich wünschte mir auch, dass sie erneut ihre geöffneten Hände nach oben hielt, bittend. Dieses Mal würde ich nicht lügen. Ich würde ihr sagen, was sie wollte. Alles, damit ich für einen Moment meine Hände in ihre legen konnte.

Bevor sie sich abwenden konnte, prägte ich mir jedes Detail an ihr genau ein. Von Kopf bis Fuß meißelte ich diese Details in meine Erinnerung. Ihre Augen machten den Anfang, dann die Nase, der Mund, die Schultern, die Haare und hinab zur Kleidung, wo der Pullover mit dem Skorpion zwischen den Brüsten ein plötzliches Ende bildete. Ein gutes Ende, denn der Pullover gehörte nicht Manja sondern Ines.

Wir hatten die Schwestern falsch angezogen.

Nur nicht lumpen lassen / Rache für SPLENDID / Kleine Schritte zum Sieg / Nichts mehr erreichen wollen, weil man alles hat / Kurzes Nachspiel / Viel zu fein für mich / I Was Made For Lovin' You, Baby / Lust / Ein Geschenk für mich / Manja berührt meinen Rücken / Hundeelend / **Die Allee der schlafenden Häuser**

Ich vergrub das Messer hinter dem Kriegerdenkmal im Park. Danach setzte ich mich direkt ans Wasser und überlegte, was als Nächstes geschehen sollte.

Um die Schwestern machte ich mir keine Gedanken, sie würden nie zur Polizei gehen, denn nichts war geschehen. Und falls sie es doch taten, was konnten sie schon vorweisen? Zwei vertauschte Pullover hatten nichts zu bedeuten. Das Einzige, was sie bedeuteten, war das Aus unserer Freundschaft.

Mein Hintern wurde nass, ich zog die Jacke enger, legte die Arme um mich.

Es ging alles so schnell, gestern war ich noch neun, jetzt war ich vierzehn, und das Schlimmste daran war, dass ich nicht nachvollziehen konnte, wie ich von neun auf vierzehn gekommen bin. Es gab so wenig, was ich nachvollziehen konnte; und es gab so viele Fragen. Warum waren die Freunde nicht mehr die Freunde, die sie früher gewesen waren? Was war zwischen uns geschehen, was hatte diese Veränderung herbeigeführt und wer, bitte schön, konnte mir das alles erklären?

Keine Antworten wurden mir zugerufen, keine Sternschnuppe fiel, und ich blieb allein im Park und fror vor mich hin, die Lippen blau vor Kälte, der Kopf starr vor Gedanken.

Auf dem Rückweg machte ich einen Umweg und blieb an unserem ehemaligen Platz stehen. Nur eine Weile lang. Ich hängte die Hände in den Zaun, drückte die Stirn gegen den eiskalten Maschendraht. Ich wollte mir das alte Bild vor Augen rufen. Ich wollte sehen, wo wir geblieben waren. Doch keine Geister liefen auf und spielten für mich, ihre Stimmen waren verstummt, es war alles längst vorbei.
Niemand, der sich diesen Parkplatz jetzt ansah, käme auf die Idee, dass sich hier früher eine Grube und unser Königreich befunden hatten. Zugeschüttet und beerdigt. Die Gebrauchtwagen schimmerten verloren im gelben Laternenlicht. Garantiert machte es ihnen keinen Spaß, an diesem Wintertag hier herumzustehen, dennoch ging es ihnen besser als mir. Sie wussten zumindest, was sie hier verloren hatten. Sie erfüllten einen Zweck, was ich von mir wirklich nicht behaupten konnte. Ich ließ sie stehen, drehte mich um und bekam die Faust voll gegen den Hals. Der Schlag brachte mich zum Taumeln, beinahe wäre ich gestürzt, meine rechte Hand fand den Zaun, und ich konnte mich abstützen.
«Scheiße, Mann …»
Adrian stand vor mir, knetete seine Faust, spuckte aus.
«Was …»
Er kickte mir die Beine weg. Ich fiel, rappelte mich auf und bekam ihn am Genick zu packen. Meine Hand verhakte sich in seinen Dauerwellenlocken. Er fluchte und zog mir die Fingernägel übers Gesicht.
«DU ARSCHLOCH!»
Ich rastete aus. Keine Ahnung, was über mich kam, aber ich rastete dermaßen aus, dass sich ein milchig roter Film über meine Augen legte. Ich drosch ihm die geballten Fäuste um die Ohren, setzte nach und knallte seinen Körper gegen den Zaun, der einst unseren Platz umschlossen hatte. Adrian ächzte, er

spuckte mich an, und ich nagelte und nagelte ihn wieder und wieder fest. Gegen den Zaun, an der Jacke zurückgezerrt, wieder gegen den Zaun. Ich wollte ihm alle Knochen brechen, ihm das beschissene Skelett ausschütteln.

Wir befanden uns in einer dampfenden Wolke aus Gewalt. Auch Adrian traf, hämmerte mir in den Magen und mühte sich ab, meine Finger von seiner Jacke zu lösen. Als ich mein Knie hochbekam, zermalmte ich ihm die Hoden. Das war sein Ende, aber noch lange nicht meines. Ich schüttelte ihn und schrie *«IST ES DAS, WAS DU WOLLTEST? IST ES DAS?»* und knallte ihn erneut gegen den Zaun, dass es peitschend von den Häusern widerhallte.

Adrian sackte auf die Hacken, Hände zwischen den Beinen, ich ließ ihn los und lehnte mich an den Zaun. Mir war so schlecht, dass ich die Übelkeit hinten im Gaumen spüren konnte. *Gleich kotze ich, gleich …* Mein Kopf stand in Flammen, und als ich mein geschwollenes Gesicht berührte, spürte ich, dass meine Nase gebrochen war.

Adrian fiel in Zeitlupe zur Seite und krümmte sich zusammen. Er tat mir keine Sekunde Leid. Ich tat mir keine Sekunde Leid. Mir waren plötzlich alle meine Freunde gleichgültig, denn ich verspürte nur Wut. Ein Vorhang war in meinem Kopf aufgegangen, und was ich sah, holte die Wut in mir hervor. Wut für Manja und ihren Mund und ihre Küsse und alles, was ich nie von ihr bekommen hatte. Wut für jeden Moment, der mich entblößte und zu einem Idioten machte. Ich hatte keine Freunde mehr, ich war einer von diesen beknackten Einsiedlern, die jeden zum Feind hatten. Genau das war ich. Und genau das brachte mich zum Heulen. Tränen und Rotz schossen nur so aus mir heraus. Ich wollte kein Einsiedler sein, ich wollte nicht allein durch die Gegend rennen und Tauben füttern. Ich schluchzte und heulte mit solchen Schmerzen, dass ich vom Zaun hinabrutschte und zu Adrian rüberkroch. Ich legte meine Arme um ihn und drückte mich an seinen Körper, als würde ich dort alle Antworten finden. Das war mein Abschied. Bevor Adrian mich wegstoßen konnte, stützte ich mich am Zaun ab und stand auf, um nach Hause zu gehen. Mein Mund war voller Blut, Blut lief mir aus der gebrochenen Nase übers Kinn unter den Pullover. Ich spuckte aus und spürte sofort die Winterkälte hungrig über meine Lippen kriechen.

Komm ruhig.

In der Philippistraße brannten alle Gaslaternen, ihr gelbes Licht bildete eine Allee, neben der links und rechts die schlafenden Häuser Wache hielten. Keine Autos, keine Menschen, nur das entfernte Rauschen der Autobahn und hier und da das Flackern der Gasflammen.

Für eine ganze Minute blieb ich stehen und sah mir das alles an, dann gab ich mir einen Ruck und stellte mich an eine der Laternen. Ich trat wütend zu, hörte das Zerschellen von Glas und brauchte nicht hochzusehen. Um mich herum war es dunkel geworden. Jetzt war wieder alles in Ordnung.

ENDE